河出文庫

掏摸《スリ》

河出書房新社

目次

掏摸《スリ》

1

まだ僕が小さかった頃、行為の途中、よく失敗をした。混んでいる店内や、他人の家で、密《ひそ》かに手につかんだものをよく落とした。他人のものは、僕の手の中で、馴染《なじ》むことのない異物としてあった。本来ふれるべきでない接点が僕を拒否するように、異物は微《かす》かに震え、独立を主張し、気がつくと下へ落ちた。遠くには、いつも塔があった。霧におおわれ、輪郭だけが浮かび上がる、古い白《はく》昼夢《ちゅうむ》のような塔。だが、今の僕は、そのような失敗をすることはない。当然のことながら、塔も見えない。

目の先で、黒いコートを着、シルバーのスーツケースを右手につかんだ初老の男が、ホームへ歩いていている。彼はこの周囲の乗客の中で、最も裕福な男であると僕は思った。

コートはブルネロ、スーツも同様だった。恐らくオーダーもののベルルッティの革靴は、少しもすり減っていない。わかりやすい裕福者は、自分がそのような存在であることを、周囲に主張していた。左手首に巻いた銀の腕時計はデイトジャストで、袖口からわずかに見える。普段一人で新幹線に乗る習慣がないため、切符を買うのに手間取っている。男は背を曲げ、不快な虫のような太い指を、探るように、販売機の前で動かしていた。その時、財布が彼のコートの、左の前ポケットにあるのを見た。

距離を保ち、エスカレーターに乗り、ゆっくり降りた。新幹線を待つ彼の後ろに、新聞を手にして立つ。心臓の鼓動が、わずかにさわいだ。このホームの防犯カメラの位置は、全て知っていた。自分は見送りの切符しかないため、新幹線に乗る前に終わらせることになる。背中で右側の人間達の視界を防ぎ、新聞を折りながら左手に持ちかえゆっくり下げ、陰をつくり、右手の人差し指と中指を、彼のポケットに入れる。彼のコートの袖のボタンに蛍光灯の光が微かに反射し、視界の隅にすべるように流れた。息をゆっくり吸い、そのまま呼吸を止めた。財布の端を挟み、抜き取る。指先から肩へ震えが伝い、暖かな温度が、少しずつ身体に広がるのを感じる。周囲のあらゆる人間、その無数に交差する視線が、この部分だけは空白に、向けられていないとわかるように思う。緊張する指と財布の接点に耐えながら、折った新聞に財布を挟み、右手に持ちかえ、自分のコートの内ポケットに入れる。息を少しずつ吐き、体温がさらに上がるのを意識しながら、目で周囲を確認した。指には、まだ異物にふれた緊張が、他人の領域に入り込んだ痺《しび》れの跡が残っている。首筋に、微かに汗が滲《にじ》んだ。僕は携帯電話を取り出し、メールをする振りをして歩いた。

改札に戻り、丸ノ内線への灰色の階段を降りる。不意に片方の目が霞《かす》み、動いていく人間がどれもぼやけ、輪郭が消えていくように思えた。ホームに着いた時、黒のスーツを着た男が、視界の隅に入った。微かなふくらみから、ズボンの後ろの右ポケットに、財布があるのを確認した。彼の容姿と物腰から、ある程度人気のあるホストだと思う。男は訝《いぶか》しげに携帯電話を見ながら、忙しく細い指を動かしている。彼と共に電車に乗り、混んでくる乗客の流れを読み、蒸すような空気の中、彼の後ろについた。人間の神経は大小の刺激を同時に感じると、小さい刺激をおろそかにする。この区間は二度大きなカーブがあり、電車は途中、激しく揺れる。後ろの会社員は夕刊紙を折りたたんで読み、右の中年の女二人は、自分達以外の人間について喋《しゃべ》り、歯茎《はぐき》を見せながら笑った。移動という周囲の目的の中で、自分だけが異なっていた。手の甲を相手側に向け、二本の指で、ホストの財布を挟んだ。乗客の立ち位置が、垂直の線のように自分を囲んでいる。ポケットの端の二本の糸がもがくようにほつれ、蛇のように、鮮やかな螺旋《らせん》をつくっている。揺れた瞬間、よりかかるようにホストの背を胸で押し、垂直に抜く。圧迫する力が上へと抜け、息を吐くと、確かな温度が身体に流れていくのを感じた。気配で周囲を確認したが、違和感はない。このような簡単なケースで、自分がミスをするわけがなかった。次の駅で降り、寒さを感じた人のように、僕は肩をすくめながら歩いた。

気だるい人の流れに入り込み、改札を抜ける。駅の出口に集まる十五人の平凡な男女を見ながら、あそこに二十万ほどの金があると思う。煙草に火をつけ、ゆっくり歩いた。左の電信柱の向こうに、無防備に財布を確認し、白いダウンジャケットの右ポケットに入れた男を見た。ダウンの袖口は黒く汚れ、スニーカーはすり減り、良質なのはジーンズの生地だけだった。僕は彼を無視し、三越に入った。ブランドショップが並ぶメンズ服のフロアには、マネキンが着るコーディネートのディスプレイがあった。二十代後半から三十代前半の、少し裕福な人間が着る服装。このマネキンと自分は、同じ服を着ている。自分は服に興味はないが、このような行為をする人間は、目立ってはならなかった。疑われないため、ある程度裕福な身なりをし、嘘をまとい、嘘として周囲に馴染む必要があった。マネキンとは、靴だけが違った。逃げることを考え、僕はスニーカーだった。

店内の暖かさを利用し、ポケットの中で指を曲げ、開き、柔軟の動きをする。指を湿らす濡れたハンカチは、まだ冷たかった。自分の人差し指は、中指とほぼ同じ長さだった。生まれつきなのか、段々そうなっていったのか、わからない。人差し指より薬指が長い人間は、中指と薬指を使う。中指を下げ、三本の指で挟むこともある。あらゆる物体の動きと同じように、ポケットから財布が出る動きの中でも、最もスムーズな、最適な動きがある。角度の他に、速さも関係した。こういう話を、石川はよく好んで話した。酒を飲むと、彼はよく子供のように、無防備に饒舌《じょうぜつ》になった。彼が今何をしているのか、僕にはわからない。恐らく、もう死んだのだと思う。

デパートの薄暗いトイレの個室に入り、薄い手袋をつけ、財布を確認する。駅のトイレは、念のため使わないことにしていた。コートの男の財布には、九万六千円と、百ドル札が三枚、ビザのゴールドカード、アメリカン・エキスプレスのゴールドカード、免許証、トレーニング・ジムの会員証、七万二千円分の料亭の領収書があった。面倒になりしまおうとした時、複雑な色をしたプラスチックの、印字のないカードを見つけた。このカードを、何度か見たことがある。会員制の、売春クラブのものだった。ホストの財布には、五万二千円と、免許証、三井住友のクレジットカード、ツタヤと漫画喫茶のカード、風俗嬢の名刺が数枚、あとはレシートや領収書の紙くずだった。ハートや星がついた、カラフルな錠剤もある。札の現金だけ抜き取り、残りを財布にしまう。財布には、その人間の人格や、生活が出た。携帯電話と同じように、その人間の秘部、人間が身につけるあらゆるものの核として、中央にあった。面倒なので、カードはいつも売らなかった。石川がしていたように、財布はポストに入れれば、郵便局から警察に行き、免許証の住所に戻る。指紋を拭き取り、ポケットにしまった。ホストは薬で捕まるかもしれないが、それは自分に関係したことではなかった。

個室から出ようとした時、コートの内側の隠しポケットの一つに、違和感を覚えた。胸がさわぎ、もう一度個室に入った。ブルガリの、硬い革で造られた財布だった。中には、新札で二十万円が入っていた。ビザなどのゴールドカード数枚の他、証券会社会長の名刺も入っている。この財布も、その名刺の名前も、初めて見るものだった。

まただ、と思った。取った記憶はなかった。自分が今日手に入れた財布の中で、最も高価なものに違いなかった。

2

軽い頭痛を感じながら、電車の揺れに身体をあずけた。

羽田空港に向かう電車に乗ったが、車内は酷《ひど》く混んでいた。暖房と、他人達の温度で、僕は汗をかいている。ポケットの中で指を動かしながら、外の風景を眺めた。薄汚れた民家の固まりが、何かの合図のように、一定の間隔で過ぎていった。不意に昨日の最後の財布が浮かび、瞬《まばた》きをした時、激しい音と共に目の前を巨大な鉄塔が過ぎた。それは一瞬のことだったが、僕の身体には力が入っていた。鉄塔は高く、電車の人混みの中のこのような自分に、無造作な視線を向けたように思えた。

車内に目を向けた時、何かに囚《とら》われている男を見た。男は女の身体にふれながら、神経を集中するというよりは、目を微かに開き、放心していた。このような男には、二種類あるのだと思う。性的に変質の傾向のある普通の人間と、変質に自身が飲み込まれ、現実と変質の境界が曖昧《あいまい》になり、それが全てとなるほどに侵食された人間。彼は後者だと思いながら、さわられているのが中学生であるのを確認し、混んでいる車内の隙間を、縫《ぬ》うように動いた。自分と彼と女の他に、気づいている人間はいなかった。

女にふれている男の左手首を、後ろからゆっくり左手でつかんだ。男のあらゆる筋肉が不意に覚め、激しい刺激の後に脱力していくのがわかった。手首をつかみながら人差し指で彼の腕時計を固定し、親指でベルトの留め金を外し自分の袖に入れ、スーツの右内ポケットの財布を右の指で挟み、彼の身体に当たる可能性を感じ、動きをかえ、彼のスーツとワイシャツの隙間に財布を落とし、下に添えた左手でつかんだ。三十代後半、会社員、指輪の位置と種類から、既婚者であると思う。僕は改めて、今度は右手で彼の腕をつかんだ。顔の色の抜けた男が、揺れながら、首を傾けて僕に振返ろうとしていた。中学生の女が後ろの変化に気づき、振り向くか迷うように首を動かした。車内は静かだった。男は僕に、あるいは世界に弁明でもするように、口を開こうとしていた。彼は今、悪意のある何かに、その存在を頭上から照らされているように思えた。男は叫び出す準備をするように、喉を震わせた。額や頬から汗が流れ、見開いた目の焦点が曖昧だった。あるいは、自分も捕まった時、同じような表情をするのかもしれない。僕は腕の力を緩め、「逃げろ」、と口の動きで示した。男は歪《ゆが》めた表情のまま、判断ができていなかった。顔の動きでドアを指すと、男は腕を微かに震わせながら、僕に顔を見られ続けていると気づいたように、前を向いた。ドアが開き、男は走った。男は人混みに入り、他人達を押しのけながら、もがくように動き続けた。

　車内に残った中学生の女が、視線を向けている。僕は身体の向きを変え、不快な気分を抑えようとした。興味のない腕時計を取り、興味のない財布を取り、取った男に顔を見られ、中学生にも見られていた。だが、あの男が、自分を通報するなどできるわけがなかった。

　気分が乗らず、次の駅で降りた。エスカレーターに乗り、裕福な中年のだらけた表情を見たが、改札を抜け、外に出て駅の汚れた壁にもたれた。力が、少しずつ抜けていった。指をポケットで暖めながら、タクシーを拾うことを考えていた。

　人の気配を感じ、振り返ると、身体の細い男が僕のすぐ側の壁にもたれようとしていた。ブランドのわからない黒のスーツに、ブランドのわからない黒の革靴をはいている。立花だと思い、不意をつかれ、動揺していく自分を抑えようとした。以前は金色だった髪を、今は茶色く染めていた。細い目で僕をじっと見ながら、厚い唇を歪めている。それは笑みのようにも見えたが、わからなかった。

「金持ちしか、狙わないんじゃないの」

立花はそう言うと、身体ごと僕に向き直った。立花は彼の本名ではないかもしれないが、彼は、僕の本名を知っているはずだった。どこかで会うと思ったが、その時は、自分が見つけるだろうと思っていた。あらゆる記憶がもう一度戻るようで、僕は静かに息を吸った。

「……今でもそうだよ」

何か違うことを言おうとしたが、ただ立花の言葉に、意味のない言葉を返すことしかできなかった。

「……そういうのつまらんよ。つーか、本物の金持ちが電車乗るか？　……悪党なんだからどんどん取ればいい」

「要領がいいんだ。……生きてたのか」

「……やっぱり会ったじゃないか。というか、俺が見つけたんだけど」

「……いつから？」

「ずっと。痴漢から財布取った時から。尾行に気づかないから、ちょっと驚いた」

僕が歩き出すと、彼も歩いた。線路のガード下に入り、僕は立ち止まった。

「こっちには、いつから？」

立花はそう言い、なぜか真剣な表情で僕を見ていた。

「最近だよ。やっぱり東京がやりやすい。……色々と」

「でも一人じゃやり難いだろ。暇だし付き合うか」

「いいよ。お前は腕も信用できないし、分け前も信用できない」

僕がそう言うと彼は声を出して笑い、歩き始めた。声をわざわざ大きく出す笑い方は相手を不快にする響きがあり、彼はそれを自覚しているはずだったが、あえてやめることがなかった。ガードを抜けると、巨大なデパートやビルの構造物が、背後から自分を見下ろしているように思えた。首筋が震え、気がつくと、僕はコンクリートから突き出た力ない草を見続けていた。立花が立ち止まり、金網にもたれ煙草に火をつけた。

「確かに、俺は上手くなんかないよ。元々中学ん時の万引きの延長で、遊びでやってただけだから。……お前や石川みたいにできない。お前がスって石川に渡して、奴が中身だけ抜いて、また持ち主のポケットに戻す。……しかも、三分の二だけ抜くんだ。これじゃ、やられた奴は気づかないし、気づいても通報できない。役割分担だって、位置で交互にかえる。目だけで合図する……、俺は見てるだけだったよ。でも今時、スリをやる日本人なんていない。今でも、何かの仕事転々としてるのか？　副業なら、前みたいに空き巣のプログループとか、売人してた方がいいじゃないか。とうとうスリが本業かよ」

彼の話の内容から、近くに行かざるをえなかった。

「俺が売ってたのは偽物だよ。……今は？」

「闇金が駄目になって振り込め詐欺で若い奴使ってたけど、今は株だよ。仲介だけど」

「株？」

「……俺ももう、一般人じゃないからね……ヤクザの金預かって、人に渡して運用させてる。あいつらの情報はハンパじゃないよ。要するにインサイダーだ。今はそんなの、ゴロゴロいるよ」

彼はそう言い、吸殻を投げ捨てる。

「お前より遥《はる》かに稼いでるよ。仕事回してもいいぞ。その辺のホームレスに汚ないアパート提供するんだ。それで幾つも口座つくらせて……」

「……興味がない」

「お前ら気持ち悪いよ。石川も……。何が望みだよ」

僕は黙った。

「……で、その石川がどうなったか、聞かないの？」

立花が、僕を見ている。鼓動が、少しずつ速くなった。

「知ってるのか？」

「知らない」

立花は、そう言うと笑った。頭上の太陽の光が、気になって仕方なかった。

「でも、あれだろうな。間違いないよ。気持ち悪かった。大掛かりな犯罪もあれだけ完璧だと、気味が悪い……。あの時ので何か、トラブったんだと思う。一つ教えてやるけど、東京から離れた方がいい。特にこの辺は」

「……なんで？」

「あれが、また何かやるらしい」

立花と目が合い、その視線をどうしていいかわからず、地面を見た。

「また巻き込まれる前に、消えた方がいい」

「……お前は？」

「俺はいいよ。あいつが何かするなら、むしろ金になる……。大体、こんな風に生きてるんだ。今さら保身なんて考えない」

彼がそう言って笑ったので、僕も笑った。長く喋り過ぎたことに気づいたように、彼は軽く手を挙げ交差点を曲がった。遠くに背の高い裕福な身なりの人間を見つけたが、気分が乗らなかった。周囲の建物が気になり、僕は再びガードの下に入った。腐《ふ》敗《はい》した弁当の容器に、そこから湧いたような濁《にご》った水が溜まっている。なぜか、その水は不快で温かいと思った。

3

眠ることができないまま、ベッドの上で目を開いた。

アパートの薄い窓を雨が打ち、カタカタと、不快な音を立てている。上の部屋から、重低音のリズムが響き、それは時々止み、また始まり、終わりがなかった。僕は、一階の自分のこの部屋のことを、意識し続けていた。雨は当然のことながら、この部屋の周囲の広大な範囲を、上空から濡らしているのだと思った。

上からの重低音がなくなり、雨の音だけが響いた。音はなかなか始まることがなく、上の人間が眠りに入ったのだと思う。自分だけが残された気がし、煙草に火をつけたが、灰皿にまだ吸いかけの煙草があるのを知った。パイプのベッドとクローゼットとアイロン台だけがある部屋に、見るべきものはなかった。剝《は》がれた畳の傷口から、織り込まれた合成繊維《ごうせいせんい》が、杭のように突き出ている。僕は自分の長い指を眺め、曲げ、開き、柔軟の動きを繰り返した。自分がほぼ両利きであると気づいたのは、いつの頃だったか。考えたが、上手くいかなかった。それは初めからであったようにも思えたし、段々そうなっていったようにも思えた。

雨は、外へ出る選択を拒むように、いつまでも止まなかった。空の雲の巨大さを思い、自分が今いるこの空間を思った。抵抗するように煙草のパックをつかみ、靴下をはき、薄い木のドアを開け外に出た。雨は錆《さ》びたアパートの柱を濡らし、死体のように倒れた自転車を濡らし、冷たい空気をさらに冷やしていた。

傾いた道路標識の角を曲がり、階段の錆びた工場の脇を歩き、長屋の連なりの先の、T字路を左に曲がった。スピードを上げる自動車が、僕の方へ迫っていた。避けるのは自動車だろうと思い、身体を近づけると、それは臆病《おくびょう》につまらないハンドルを切った。いくつもの電信柱の向こうに、巨大な鉄塔が、雨に打たれ続けていた。僕は視線を逸《そ》らしたが、当然のことながら、それは自分が見ていなくてもそこにあるのだと思った。

駅に着くと、客のいないタクシーが一台、雨に濡れていた。運転手は気だるく前を向き、何かに囚われたように、視線を動かさなかった。駅の階段を上り、傘をたたむ。寒さと雨を避け寝そべったホームレスが、こちらに視線を向けている。この時間に、ホームレスとしてこの場所に存在することが決まっていたかのように、彼の姿は馴染んでいた。その男の目つきが石川に似ていると思い、胸がさわいだが、年齢も顔つきも異なる人間だった。ホームレスの視線はしかし、僕からずれていた。歩いている僕のすぐ後ろを、そこに何かがあるように、いつまでも見ている。気分を逸らすため煙草に火をつけ、線路の向こうへ続く古びた階段を降りた。

コンビニエンス・ストアに入り、煙草と缶コーヒーを買った。僕が金を出すと店員は受け取り、ありがとうございますと気狂いのような大声を出した。この金は昨日の痴漢から取ったものだが、その前の所有者は不明だった。この金はそれぞれの人生の瞬間を、見ているのだと思った。殺人の場面にいたかもしれず、殺人者からどこかの店員に渡り、どこかの善人に渡ったかもしれなかった。

店を出ると、雨の無数の水滴に、自分が覆われていくように思えた。厚く巨大な雲が上から被さるようで、徐々に動悸《どうき》が速くなり、僕はポケットの中で指を曲げた。今からタクシーを拾い、繁華街に出、街に残る人間達のポケットに手を入れることを想像した。人混みの中に自分を置き、続け様に、可能な限り速く正確に、手を動かし続ける——。雨は降り続け、動悸は治まることがなく、僕は街に出るしかないと思ったが、気持ちを落ち着けようとした。もう一度駅の階段を上り、後ろから執拗《しつよう》についてくる足音を反響に過ぎないと思い、煙草に火をつけた。ホームレスは、姿を消していた。心臓が鈍く重く脈打ち、僕は構内を通過し、また階段を降りた。目の前のロータリーでレインコートを着た男が雨に濡れ、通りかかった白い車のヘッドライトが霧の雨に反射し、鋭い金色の粒を浮かび上がらせていた。雨にあの鋭さが内包されていると感じ、さっきのホームレスの寝ている姿を見つけたが、レインコートを着た男の姿がなかった。

僕はまた後ろを振り返ろうとする自分を止め、外になど出るべきでなかったと思った。僕はここからは見えない鉄塔を感じ、いつまでも降る雨を感じ、それを降らしている巨大な雲と、その下を歩いている自分を意識した。

4

「十億持ってる奴から十万盗んだとしても、それはほとんど無だ」

石川は、よくこういう話をした。金持ちから金を取るのを喜びとし、僕もそれに付き合った。彼は財布を取るがあまり金に執着《しゅうちゃく》がなく、取った金は大抵その日のうちに使った。

「でも、悪には違いない」

僕がそう言うと彼は頷《うなず》いたが、笑みを浮かべながら会話を続けようとした。いつも入る古びたバーの狭い個室で、僕達は話した。その店の店主は暴力団の元構成員だったが、詳しい過去を話すことはなかった。身体がやや傾いたように曲がり、手足が細く年齢もわからなかった。

「でも、所有という概念がなければ、盗みの概念もないのは当たり前だろ？　世界にたった一人でも飢えた子供がいたとしたら、全ての所有は悪だ」

「でも、それで俺達を肯定《こうてい》するのは間違い」

「肯定はしてないよ。ただ俺はね、自分が善人だって、頭から信じ込んでる奴が大嫌いなんだ」

　石川はある簡単な方法で、一度に大きな金を取ったことがあった。

　会員制のクラブに現金を束で持ってくる老人の話を聞き、彼はその老人と同じセカンドバッグを買った。老人はある宗教法人の理事で、女に金を見せるのを喜びとし、集会が終わる度に、高揚《こうよう》する気分を持て余すように、秘書達を連れその店の女達と寝た。老人は痩《や》せて目が突き出し、歯茎を見せながら笑う癖があった。石川は老人が店に来るのを待ち、車から降りた時バッグを持った秘書にぶつかり、彼のそのセカンドバッグをコートの裏に入れ、かわりに紙の束を詰めたセカンドバッグを落とした。老人はバッグを拾い、謝る石川を怒鳴り続け、その店が入っている灰色のビルに秘書達と共に消えた。バッグには、一千万円が入っていた。

「一千万、ていう丁度の金額が好きだったんだろうな。いや、彼も本当は悪い奴じゃないんだよ。本当は、その宗教が表向きに発表してるみたいに、スーダンに学校作ったり、難民の世話をしたかったはずだ。無意識では。だから、俺は彼の無意識の手伝いをしてやったんだ」

石川は、子供のように目を細めて笑った。

「ほら、そういう国じゃ、生まれてすぐ死ぬ人間が大勢いるだろ？　ただそこに生まれた、というだけの理由で。抵抗する暇もなくバタバタと死ぬ。俺は痩せこけてハエにたかられるなんて、絶対嫌だね」

本当かどうか知らないが、彼は百万を協力者だったその店の国籍のわからない女に渡し、もう百万をその日のうちに使い、残りをある海外のＮＰＯに送った。そのＮＰＯには、自分の昔の女が働いている、とあの時石川は言った。

石川は元々手先が器用で口が上手く、昔は金が必要な時だけスリをし、職を転々と変えながら、僕と会う前、ある有名な投資詐欺のグループにいた。

「自分が人混みに消えて通り抜ける時、特殊な感じがある。……時間には、濃淡があるだろ？　ギャンブルとか、まあ投資詐欺が成立する緊張もそうだよ。……法を超える瞬間、ヤクザの女とか、やったらやばい女と寝る瞬間とかさ……、意識が活性化されて、染み込んでくるし、たまらなくなる。そういう濃厚な時間は、その人間に再現を求めるんだ。もう一つの人格を持ったみたいに。またあの感覚を、またあの感覚をって、自分に要求してくる……。まあ俺は、一番スリが興奮するけど」

石川は投資詐欺で逮捕状が出て、フィリピンに逃げ、パキスタンやケニアにまで逃げた。だが、戻ってきた時には、彼は死人の身分を与えられていた。新しい免許証とパスポートと住民票を手に入れ、彼は表面的には自由になった。

「俺はパキスタンで死んだことになってる。だから、今は新美《にいみ》っていうんだ。お前に会った時はもう新美だったたってことになる。ややこしいけど。詳しいことは言えない。聞かない方がいいこともあるし」

彼はその聞かない方がいい領域からの要求で、月曜から金曜、自分以外誰もいない事務所で電話の番をしていた。時々かかってくる電話に恐らく架空である会社名を名乗り、郵便物を受け取り、ごくまれにやって来る役人のような男にも対応した。僕と街に出るのは、ほとんど土曜と日曜に限られていた。

石川の頼みで、僕もその事務所に何度か行き、彼の暇つぶしに付き合ったことがあった。だが、僕はそこで、あの男を見ることになった。事務所のドアが不意に開き、驚いて振り返った僕の前に、その男がいた。男は入るなり、部屋の電気を消し、無言のまま部屋を見渡した。見た瞬間、なぜだかわからないが、自分はここに来なければよかったのだと思った。暗がりの中で、男は何も言わず事務所の中に歩いてきた。

男は黒髪にサングラスをかけた、何かのブローカーのような姿だったが、なぜか年齢がわからなかった。三十代のようにも見えたし、五十代のようにも見えた。カーテンから入るわずかな光に照らされ、男の影が事務所の壁に伸びていた。影は当然のことながら男が動く度に動き、彼の靴音が、奇妙なほど辺りに響く。男は石川を見ながら、金庫を開け、中から一千万ほどの金を取り出し、無造作にバッグに入れた。そして僕に視線を向け、なぜか凝視した後、「お前とはまた会うことにした」と呟《つぶや》いた。

僕は状況がわからず、ただ男を見ていただけだった。男が帰った後、しかし石川は僕が口を開くのを避けるように、スリの話を続けた。

「……スリをやってて、一度だけ、嫌になったことがあるよ。……ほら、花火大会の時。あの人間の群れの中には、ごくまれに、相当な金持ちが混ざってるだろ？」

僕は石川の様子から、男について質問するのをやめた。恐らく、さっきの男は、質問しない方がいい領域なのだろうと思った。僕は男の存在を自分の中から消そうとしたが、上手くいかなかった。

「……愛人とホテルから見てたのに、下に行って焼きそば食べたいとか、一緒に歩きたいとか女にせがまれたような中年がさ。……子供の頃から、俺は花火大会が好きだった。貧乏人にただで見せてくれる、最高の娯楽だよ。……全ての人間に等しく、あの火花は空に上がるんだ」

石川は、時々無防備に思えるほど、無邪気な表情をすることがあった。だが、男の余韻《よいん》が漂《ただよ》う部屋の中で、あの時の彼は、視線が動く回数が多かった。

「実際、美しいよ。……あれは人生の、この世界の美の一つだ。でも俺達は、その美を利用して、自分達の目的を果たすだろ？　皆が美に魅入ってる隙に、俺達は美を見ることなく、そのポケットを見る。それが、何ていうか」

あの時石川はそう言ったが、僕にとって、彼の動きは人を魅了するものとして映った。三本の指で財布を挟み、僕に後ろ手に渡し、僕が中身を抜いて彼に戻した時には、もう次の財布を取り、相手に視線を向けず腕を当て、またポケットに財布を戻す——。僕の目に、彼の動きは、その人生の美の一つだった。あの時の僕は、その美が目の前から消えることを考えていなかった。

5

外に出ると雨は止み、僕は近くの自転車のカゴに傘を捨てた。コートのボタンをとめ、なぜかつけてくる猫を無視しスーパーに入った。

店内の温度は高く、汗をかいた。立花の姿を見つけ、いるわけがないと思い、息を吐くと店員が僕に視線を向けていた。卵とハムとパンをカゴに入れ、ミネラルウォーターをつかんでレジに向かった。

なぜ東京に戻ってきたのか、思いを巡らしていた。あの大がかりで強引な事件があってから、戻ることに危険を感じていたはずだった。石川の消息を知りたかったが、本当にそのためか、わからなかった。あの時の状況から、石川は死んだ可能性が高く、東京に戻れば、自分も安全ではないはずだった。

視界に親子の姿が入り、僕は立ち止まっていた。傷んだ茶色の髪を後ろに縛った女が、子供に軽く膝を当て、その瞬間、子供は持っていたユニクロの紙袋に、魚の切り身を入れた。中にはタオルが入れられ、紙袋をゆすると、商品はタオルに隠れた。鼓動が乱れ、そういう自分を不快に思った。子供は、親の期待に応えようと、真剣に商品をつかんでいた。あの動きのいい手には、発見され、親が罪人になるのも防ごうとする、確かな意志が含まれているように思えた。青の半ズボンから伸びた足はやや細く、羽織っていた緑色のジャンパーは、袖やポケットがすり切れていた。軽快な音楽が鳴り響く店内で、彼らの存在は目立った。僕は、その細い子供の服装を、立ったまま見続けていた。歩く子供の速度が遅いせいか、女が子供をぶった。周囲が振り返る中、しかし子供は笑みを浮かべた。あの子供の感じているのは、恐らく恥なのだろうと思う。自分は親から、そのような扱いをされる子供ではないと周囲に主張し、また、自分の親もそのような親ではないという、親の恥をも隠そうとする、反射的な笑いのように思えた。

気づくと、僕は彼らの後をつけていた。女がまた子供に膝を当てると、子供はすぐにカップ麵を袋に入れた。子供の手は速かったが、女の要求に応えるには、彼の紙袋は小さ過ぎた。紺のコートを着た中年の女が彼女達に視線を向けながら、通路の角に消えた。あれがこのスーパーの万引きを捕まえる、雇《やと》われた女に違いなかった。子供は気づいているようだったが、母親に言い出すことができないでいた。

　僕は親子に近づき、その女を近くで見た。三十代中頃の、目の細いやつれた女だった。上下の赤いジャージは新しかったが、サンダルが、酷く汚ない。女は菓子類を見るためにしゃがみ、指で商品にふれながら、迷うように口の中で何かを言った。顔は少しも似ていないが、不意に佐江子《さえこ》のことを思った。女が箱入りのクラッカーを手にし、子供を呼んだ時、僕は女の横にかがんでいた。自分が何かを言おうとしているのに気づき、やめて立ち上がろうとしたが、驚いたように、女が顔を向けていた。僕は女の表情を見ながら、半ば無理やりのように口を開いた。

「ばれてる」

「……は？」

　女が、怯《おび》えを怒りで隠すように、僕を睨んでいる。その脇で呆然《ぼうぜん》としていた子供は細く、惨《みじ》めだった。

「向こうにいる、紺のコート着た奴。……この店の人間だ。完全にばれてる。今はどこもすぐ警察だから、買うか、全部置いて帰れ」

　母親の要求は、子供が細工したと思われる紙袋の上のタオルの、許容範囲を大きく超えていた。魚や肉は隠れていたが、膨《ふく》れたスナック菓子の、先端が見えている。僕はレジに行き、会計の列に並んだ。レジは混んでいた。人間と人間が虫のようにこすれ合い、汗をかいた。


店を出て、買い忘れた缶コーヒーを自動販売機で買った。煙草に火をつけると、後ろからさっきの親子が歩いてくる。子供は女が乗る自転車のカギを外し、僕に向かって歩く女の背中を見ていた。

「あんた、何?」

女は片方の目の端に力を入れて目を閉じ、顔を一瞬歪ませた。女は僕の前で、そのチック症の動きを繰り返した。

「……ただバレてるから、言っただけだろ」

「馬鹿にしてるの?」

女は僕を睨みながら、もう一度片方の目をきつく閉じた。

「ちゃんと子供に食べさせてる。馬鹿にされるのは違う」

後ろで子供が、現在の女の怒りがどれくらいのものか、推し量っているように思えた。その声は何かの回路がずれたように大きく、女の顔を見ながら、僕はまた佐江子のことを思っていた。「許さないと言われると、嬉しい時がある。わざとじゃないのに」佐江子は、僕にそう言うことがあった。「わたしが、皆が嫌がることをするから。自分が嫌がることもするから。色々な価値を踏みにじるから」佐江子は何かを話す時、いつも少し声が小さくなった。

「馬鹿にしてない」

僕は、自動販売機で買った、さっきの缶コーヒーを出した。

「俺も取ったから。……ただバレてるから教えただけだ。普通感謝だ」

女が、目を開いて僕を見ている。佐江子は、自分にこんな表情は見せなかったと思った。

「あんた、何?」

「……何でもいい」

「仕事は?」

「してない」

正直に言ったが、女は僕の身なりを見ていた。夜に街に出るため、僕はいつものように、わざといい服を着ていた。

「でもお金はあるよね。暇なら連絡して。一万でいいから」

女はそう言うと、一枚の名刺を財布から出した。女の写真入りのどこかのクラブ名義の名刺で、店の住所と電話番号がボールペンで消され、携帯電話の番号だけが残されていた。

「化粧すれば結構マシだから。一万でいいから」

女は子供の腕をつかみ、荷台に乗せ自転車で消えた。子供は、僕を振り返らなかった。

6

石川から話を聞いた時、僕達は線路の下を抜ける地下通路にいた。いくつかの財布を取り、バーの個室で金を分け外に出たが、石川は僕を帰そうとしなかった。駐車場に入ろうとしてやめ、さらに歩いて地下通路に入った。時々自転車が通ったが、深夜の地下通路は静かだった。アルファベットの落書きの下に、コーヒーの缶や、腐敗した弁当の残骸《ざんがい》があった。目の前を羽虫が飛び、僕は手で払いながら奥へと歩いた。低い天井の下で、砂を引きずる僕達の足音が微かに響く。通路の中央には、中身のわからない、黒の小さなビニール袋が二つ置かれていた。足でふれると、ビニールには、黒い肉のような不快な弾力があった。

「もっと、マシな場所がいいけど。……あのバーでも大丈夫だと思うけど、多分、外の方がいい」

石川はそう言って、通路の壁にもたれた。その日、石川はいつもより酒を飲んでいた。僕の顔を見て口を開こうとし、地面を見て煙草に火をつけ、二度吸った。

「ある会社に、入ってる」

そう言った石川は、僕の顔を見なかった。

「……いや、会社じゃ、ないかもしれない。……とにかく、何かわからないものに、所属してる。多分」

僕はその場にしゃがみ、煙草に火をつけた。コートの裾が地面につきそうになり、曲げた足の間に入れ、背中を壁につけた。

「だけど、やばいんだ、……このままだと。捕まるくらいじゃ済まない。ひょっとしたら、死ぬくらいでも済まないかもしれない。……だから、抜ける必要がある。詳しく知らないうちに」

「……何の話だよ」

「いいから」

通路の入り口にホームレスの男が姿を見せ、僕達を見ると、身体を引きずるようにゆっくりと引き返した。

「……アルバイト感覚のまま、今なら抜けられる。東京から離れたい、と言った。俺はこんなだし、警察に言うわけないのは、向こうもわかってる。だけど、あいつがそれを聞いたんだ。下っ端《したぱ》が一人辞めたくらいで、済むはずだったのに」

「誰？」

「お前が前、事務所で会った男だよ。……木崎《きざき》というらしいけど、恐らく本名じゃない。その会社か何かわからないものの、トップ」

僕は微かに、胸がさわいだ。

「抜けてもいいけど、これに参加しろ、と言われた。……パスポートやなんかも、これでチャラにしてやるって。『機嫌がいいからだ』とあいつは言った。分け前もくれてやるって。一生どっかで俺に感謝し続けろって」

「何をやるんだ？」

「……強盗」

僕は、少し力が抜けた。

「なんだそれ」

「違うんだ。正確に言えば、いくつかの書類がいるらしい。相手は投資家の老人で、強盗の振りをして、金ごとそれを取るらしい。強引だけど、ああいう奴らが苛立って動く時は、大抵強引なんだ」

「何の書類？」

「……知らない」

僕は煙草の吸殻を溝に捨て、立ち上がった。

「それ、何かおかしいな……やめた方がいい」

「で、ここからが本題」

石川が、少し息を吸った。点滅していた通路の照明の一つが、諦めたようにつかなくなった。

「お前も参加しろと言うんだ。……お前のこと、あいつ知ってたんだよ」

「は？」

「お前昔、棚部《たなべ》がやってたグループにいただろ？」

鼓動が、少しずつ速くなっていった。

「あそこは、全部上から情報をもらって、空き巣をしてた。……裕福な家の、カギの種類とか、金庫の有無……、その辺の場当たり的なグループとは、全然違う。完全なプロだ。取り分の何パーセントかは、そのもっと上の情報源に入ってたんだよ。……その情報源が、あの男の部下の、さらに部下の関係者からきてたんだ。あいつはお前を知ってた」

「……その男、何者だよ」

「わからない。企業やってるヤクザだと思ってたけど、どうもそうじゃないらしい。何というか、変わった男だよ……、すごく。よく喋るし、よく笑うし、噂では時々殺すらしい」

　スーツを着た若い男が、何かを呟きながら通路の入り口から歩いてきた。僕達に気づくと黙り、足早に通り過ぎて向こう側へ消えた。男の後ろの乱れた空気から、濃いアルコールの臭いがした。

「……逃げるわけには？」

「難しい。あいつから逃げて死んだ奴、何人かいるらしいし。でも、筋は通すって、聞いたことがある。その分じゃ、何だかヤクザに似てる」

「……信用できない」

　頭上で列車が通り、貨物車だろうと思った。緊張している自分の奥に、うずくような、暖かさを感じた。その温度は僕の中に確かにあり、自分の意識は、やがてそれだけを感じ始めるのだろうと思った。目の前に塔を見た時、汚れた黒のビニールが、暗がりの中で輪郭を持ち浮かび上がった。僕はその惨めな肉片のようなゴミを、見続けていた。

「でも強盗なら、殺すんじゃないか。俺は殺しは……」

「いや、ない」

「なぜ？」

「警察沙汰《ざた》になるのは、避けたいらしい。強盗に入られても、その老人は警察に言えないから。……税金逃れの金だし、その書類も、警察に知られたらまずい類のものらしいし。でも、そこでその老人を殺したら、どうしても警察沙汰になる」

「でも……、何かおかしい」

僕はそう言ったが、その話に乗った。僕の中には、あの時確かに、うずくような温度があった。

自分だけ逃げれば石川に迷惑がかかるというよりは、何かが相応《ふさわ》しくない方向へ動く気配に、押されたのだった。当時の僕は選択を目の前にした時、静止よりは動く方を、そして世界から外れる方を選んだ。石川の後ろを歩きながら、時間が自分の周囲で密度を持ち、何か生ぬるく弾力のあるものが、身体を押していくような気がした。佐江子の姿を思い浮かべ、地下通路を出た時、今まで気づかなかった鉄塔があった。それは上部を冷えた空にさらしながら、夜の中で立ち続けていた。

駅で待ち合わせた時、石川は立花を連れてきた。元々石川とどういう関係か知らなかったが、時々僕達のスリに付き合い、愉快《ゆかい》そうに眺めていた男だった。僕達は無言のまま、石川がいつも一人でいた事務所に入った。

事務所にはもう机も椅子もなく、むき出しのフローリングが広がっていた。僕達が床に座るとすぐ、三人の男が入ってきた。つけられていたかのようなタイミングに、自分が少しずつ緊張していくのがわかった。石川は、彼らのことを知らないようだった。彼らは三つのトランクを持ち、引越しの作業でもするように、無造作に部屋の隅に置いた。

「お前らか」

一番背の高い男が、床に座りながらしわがれた声を出した。四十代半ばほどの年齢に見えたが、顔が奇妙な皺《しわ》で覆われ、判断ができなかった。

「確かに、ヘマだけはないかもしれない。どいつも顔がまともじゃない」

ペットボトルを投げられ、僕は飲むのを躊躇《ちゅうちょ》したが、立花が彼らの顔を見ながら飲み始めた。残りの二人は三十代くらいの中肉中背の男で、背の高い男と同じように顔には皺が目立ち、坊主頭とスポーツ刈りで、共に薄汚れたジャンパーを着ていた。

「今日、その話をするんだが、やる日も今日だ。怖気《おじけ》づいて、どこかで喋られると困るから。まあ、いきなりだが覚悟しろ。五百万ずつやる。文句ないだろ」

金額が、不可解に多い。石川を見たが、彼は反応を見せず、立花も同様だった。僕は喋る男を見ながら、黙ることにした。

「新美から大体聞いてると思うが、一番注意しなきゃいけないのは、強盗の最中、お前らは新美以外、一言も喋るな」

背の高い男がそう言った時、ドアが開いてあの男が入ってきた。僕は不意をつかれたが、三人の男達も驚いた様子だった。男はブランドのわからない黒のスーツを着込み、サングラスをし、ブランドのわからない時計を左手に巻いていた。首に、目立つ紫の傷があった。背の高い男が何かを言いかけると、男は手で遮《さえぎ》った。そして、「今日は暇なんだ」と笑みのように顔を歪めた。

男達は黙り込み、自分の呼吸が聞こえるほど、沈黙が続いた。彼らの緊張が伝わるようで、僕はその静寂《せいじゃく》の中で、動く男を見つめた。男は周囲の空気から全身が浮き出るようで、なぜか目を惹き、彼から何かが伝わるように、空気にふれる皮膚が緊張していた。男は僕達を愉快そうに眺めた後、「俺に会っちゃったなあ」と立花を見て唇を歪めた。前に事務所で会った時とは別の人間に思えるほど、男は陽気に見えた。立花は平然と笑みを浮かべようとしたが、汗をかいていていた。

「結構、これ重要だから。……いや、お前達を信用してないわけじゃない。お前達は、これまでも完璧に、俺達の要求通り何でもやってくれた。……でも俺から話す。暇だから」

三人の男は頷き、その彼らと僕達の間に、男は無防備に力を抜いて座った。僕は喉が渇き、ペットボトルの水を口に含んだ。男と僕達との距離は、少し近過ぎた。

「犯罪に最も必要なのは、計画だ。計画のない犯罪をする奴は馬鹿だ」

男はそう言うと、なぜか僕の顔を見た。

「しかし、そもそも馬鹿だから、犯罪をする。仕方ないことだ。……でも、それとは反対に、本当に優秀な人間も、法など気にしない。むしろ法がなければ犯罪などつまらない。わかるか？」

男はなおも、僕から視線を逸らさなかった。僕は何を言えばいいかわからず、ただ黙った。

「あとは、度胸だな。『罪と罰』という話を知ってるか？　……知るわけないな。あのラスコーリニコフには、度胸がなかった」

男は少し身体をずらすと、後ろのスポーツ刈りの男を、身体の向きを変えず激しく殴った。僕は驚いたが、表情を変えないように意識した。スポーツ刈りの男は倒れ、その横向きに倒れた彼の耳の辺りを、男は続けて、何度も床に打ち付けるように殴った。硬い音が何度も響き、僕は意識して静かに息を吸いながら、なぜか身体を動かさないほうがいいと思った。

「……突然こういうのを見ても、動じないことだ」

殴られたスポーツ刈りの男はゆっくりと起き上がり、顔を少し腫《は》らしたまま、また座る姿勢に戻ろうとした。こちらに向き直った男の表情は変わらなかったが、口からはわずかに、不規則な息が漏れていた。それは殴ったことによる息の乱れというよりは、微かな喜びの余韻のようで、僕は目を逸らした。

「……まあ、簡単に言う。繰り返しになったらあれだが……、まず、お前ら二人は、一言も喋るな。行き先は、投資家の老人の家。その老人は、世界から自動的に生まれる、ブタの見本のような男だ」

僕はスポーツ刈りの男をもう一度見たが、目が合いそうになり、視線に迷った。暴力の余韻の中で、男の声ははっきりとし、やや低かった。ワイシャツを中に着ていたが、そのブランドもわからなかった。

「車で行くから場所はいいが、家の構図は頭に入れとけ。なかなか広い」

男がそう言うと、背の高い男が地図を出した。その手は、微かに震えていた。この男がこの場所にいることを、彼らはまだ上手く飲み込めていないようだった。殴られた男ももう一人の坊主の男も、硬直したように動きを止めていた。ただ汗をかきながら、彼らは男の背をじっと見ていた。

「この家には、その投資家の老人と、一人の女が住んでる。その女は、老人の家政婦兼愛人みたいなものだ。老人の妻はここにはいない。つまり合計で二人。前まではもう二人そういう女がいたが、そいつらは妊娠してやめた。秘書の女もいるが、今週は休みを取って日本にいない」

　男は言葉を続けた。

「お前らの役割は、彼らの邪魔にならないように、この女を脅《おど》して縛り上げること。つまり補助だ。脅す言葉は、新美だけが言え。中国人風に。前に教えただろ。お前は強盗にも慣れてるから」

　男が石川を見て唇を歪めると、石川は小さく頷いた。

「愛人だけあって美人だが、絶対に妙な気は起こすな。まあお前らは女に飢えてないだろ。やりたいなら、五百万やるから好きなだけやれ。ああ、報酬は五百万だ。文句ないな」

　それを聞くのは二度目だったが、頷くことにした。

「その辺のチンピラは頭が悪い。使えない。女を見れば見境がない。唾液や精子は出すし、簡単に殺すし、抵抗する女に引っかかれて爪に皮膚まで残す」

男がそう言うと、三人の男が返事のように少し笑った。

「取り分にしても、妙な気を起こす。でも、お前らは心配なさそうだ。馬鹿ではないし、棚部からも西村が分け前でもめたことがないのは聞いている」

僕は表情を変えないように意識したが、滲んでくる汗をどうすることもできなかった。それは棚部にも、石川にも言っていない僕の本名だった。僕は石川を見ようとしたが、視線を合わせることができなかった。男は、立花に視線を向けた。

「お前はわからんが、まあ大丈夫だろ。……野心があるな。顔見ればわかる。野心のある人間は、この程度の金で人生を棒に振ることはない……まあとにかく、そういうことだ。その女の寝室はここ。盗聴器によると、老人は自分のベッドに女を呼ぶが、自ら女のベッドに行くことはない。だから、お前ら三人は家に入ったらすぐこの部屋に行き、女を縛れ。女がいなければ、すぐ老人の部屋に向かって女を縛れ。お前達は老人を相手にする必要はない。ただこの女を縛ることだけを考えろ。とにかく叫ばせるな。簡単だ」

男は段々、面倒臭そうに息を吐くことが多くなった。背の高い男が代わろうとすると、手で遮った。その時、男の首の紫の傷が、大きく見えた。

「実際、面白くて仕方ないな。こういうのは。俺も参加したいくらいだ。その投資家の老人は、脱税のため金庫に八千万入れている。その他、我々が必要とする書類が入ってる。彼らが脅して、老人に金庫を開けさせる。その作業をお前らはやる必要はないし、できれば見ない方が好ましい。まあ無理かもしれんけどな。美しい女と同じで、大抵の人間は金にも無意識に目がいく。脅す武器には、日本刀を使う。拳銃ではリアリティがないし、人間を短時間で脅すには、でかい刃物が一番いい。お前らが女を縛る紐は、後で渡す。一ヶ月前、ある中国の強盗団が使った紐と同じだ。お前達が身につける服や手袋や靴下も、中国でしか売ってないものを用意する。その中の一つは、実際にその強盗団の中国人が着ていたものだ。彼らが上手くドアにその服を引っ掛けるから、部屋にはその繊維が残ることになる。特殊なフルフェイスのヘルメットを被るから睫毛が落ちることもない。靴は靴底を削ったものと、同じく強盗団がはいていたものを用意する。その強盗団は全員、既に新宿のある人間達によって殺され、骨すら残ってない。もし老人が脱税や書類ごと自爆して警察に通報しても、警察は苦労してその強盗団に行き着くだけで、彼らはもう死んでるし捜査は進みようがない。もう既に、この世にいない人間達の犯行に見せかける。完全犯罪の、条件の一つだ。殺しはないから、安心すればいい。殺しをすれば、警察を本気にさせる。捜査員の数も多くなる。そんな馬鹿なことをする必要はない。老人や女は、むしろ誤った情報を警察に提供する、道具として残した方がいい。そして何より、老人は我々がその書類の束を狙ってることを知らない」

男は大きく、息を吸った。

「ばれる要素は一つもない。犯罪は完全に達成されるから、その老人が数時間後に書類や金を失うことは、この時点で既に決まっているといっていい。お前達がヘマをして証拠を残したとしても、お前達と私達を繋ぐ線はない。この事務所は今日でなくなり、この事務所と我々を繋ぐ線はもう消されている。お前達がもし捕まって何かを喋っても、お前達は得体の知れない奴らに協力したとしか言えない。実際、その通りだしな。それでももし何かを喋り、警察の捜査を助けようとするなら、残念ながら、強盗ではいつか刑務所から出なければならないから、ずっと塀で守ってもらうわけにはいかない。もっと言えば、刑務所の中にも、我々の仲間の受刑者がいる。彼らから身を守り、上手く出所したとしても、すぐにお前達は死ぬことになる。怪しい男達に連れ去られて死ぬとか、そういった死に方ではない。突然人混みの中で女に刺されるとか、遠くから撃たれるとか、たまたま乗り合わせたようなエレベーター内の人間からいきなり刺されるとか、そういう死だ。つまり、お前達がやらなければならないのは、ヘマをしないこと。捕まらないこと。そしてありがたく金をもらい、密かに俺に感謝すること。以上」

男は口元を緩めながら、煙草に火をつけた。何もない事務所は静かになり、背の高い男のペットボトルの蓋《ふた》を開けるカラカラとした音が、大きく響く。男が煙草を吸っているのを見ながら、なぜ自分はこの部屋で煙草を吸わなかったかを考えた。スポーツ刈りの男の顔が、さらに腫れているように思えた。立花が小さく息を吸い、抵抗するように口を開いた。石川は、黙り続けていた。

「一応、聞いておきたいっていうか……、まず、使う車は、大丈夫なのか、……そんなでかい家のカギを、どうやって開けるのか、で……、分け前は、いつもらえるのか」

男は面倒そうに喉を鳴らし、煙草の火を消した。手を動かすと、背の高い男が口を開いた。

「……車はワゴン、盗難車だが、ちゃんと優秀な打ち子をつかってナンバーは変えてある。検問されても、俺の偽造の免許証と車は一致するようになってる。でも車のナンバーを控えられても、それは存在しない車だから、俺に行き着くことはない。というより、そもそも今日どこで検問があるか、我々は知ってる。オービスもNシステムの位置も。あと、なんだ」

「カギ、いや……分け前はいつ？」

「分け前は、全てが終わった後に車で渡す。後で場所を指定するよりお前らも安心だろ。カギは既に合鍵がある。あそこはなかなか厄介《やっかい》なドアだから、夜に、音を立てて開けるわけにいかない」

　男が立ち上がると、見送るように三人の男も立った。僕は、なぜこれを目の前の三人の男達だけにやらせないのか、なぜわざわざ自分達を使うのか、聞こうとしたができなかった。

「いいか」男はそう言ったが、もうこの話に興味がないように、力のない声を出した。「覚えておくといい。……犯罪にも、格差がある。無計画の強盗など、馬鹿の極《きわ》みだ。……取り分も少なく、リスクもでかい。まあこいつらもそうだったが、俺がちゃんとシステムを教えた。警察の捜査方法を知り、それを逆に利用すれば、おのずと捕まらない方法が出てくる。重要なのは計画だ。お前らもコソコソつまらんことをやるより、ちゃんと頭を使え。……当然のことだが、俺が命令したことで、お前達は今から、あの老人の家に行くことになる。強盗の最中、全ての行為を意識し、楽しむことだ。他の人間が人生の中で決して味わえない分野を、お前達は味わうわけだから」

7

深夜の一時になり、ワゴンに乗った。中で着替えをし、なぜかサイズの合う服に身体を通すと、苦い体臭がした。男達が車の床のシートを外すと、板状の黒い蓋があり、中が開いた。「日本刀は、こっちの座席の中にある」背の高い男が、床の空洞に服を入れながら言った。「麻薬でも、何でも入る。人間を入れることもできる」

車内でしばらく待つとドアが開き、初めて見る男が運転席に座った。彼は男達に軽く頭を下げると、アクセルを踏んだ。細かい路地を抜け、信号で時々止まりながら、深夜の町を走った。

僕達は無言で煙草を吸い、意味もなく外を眺め続けた。自転車に乗った男の姿を何気なく目で追い、隣を走る車の、中年の夫婦の身なりの良さを眺めた。クリスマスが近づき、ライトアップされた住宅が目立つ。壁をよじ登る光ったサンタクロースの人形があり、青や緑や赤の豆電球の列が、あらゆる家を光らせていた。

「こいつは運転手だから、俺らを降ろしたら、ひとまずどっかに車ごと消える。不審な車を、家の前に停めておくわけにいかんから。上手くいったら携帯を鳴らして、また車を戻してもらう。……金を取って俺が手を向けたら、お前らはこいつらと先に車に戻れ。俺は老人と女がすぐ通報できないように、柱にくくりつけたり、電話の線を切ったり、少しだけ後処理しなきゃいかん。とにかく、速さが大事だ」

踏み切りを渡り、緩やかな坂に静かに入った。競《きそ》うように飾る家々の光を過ぎると、周囲は徐々に暗くなっていった。「あれだ」と言われ目を向けると、二階建ての、比較的新しい家が見えた。それは大きく、全体的に四角を強調したデザインは、何かの新しい会社を思わせた。庭はそれほど広くなかったが、芝生があり、無造作に抜いてきたような、不釣合いな木が植えられていた。「老人の東京の家だ」と背の高い男が言った。辺りは似たような裕福な家が並び、外灯も、地面の道路もよく整備されていた。

車内でヘルメットを被り、彼らと同じ鞘《さや》に収まった刀を渡された。それはよくある日本刀ではなく、包丁をただ無骨《ぶこつ》に長く大きくしただけの、恐怖のみを助長するような、威厳《いげん》も静寂もないものだった。ゆっくり車を動かしながら、男達は周囲を見、静かに車を停めた。「まず俺が一人で行って、玄関のドアを開ける」緑のジャンパーを着込み、ずっと黙っていた坊主の男が、小さく言った。「とにかく、新美以外のお前ら二人は、絶対喋るな」

坊主の男は車から降り、刃物を腹のベルトに挟み門をゆっくり開け、玄関に向かった。その時、玄関のライトがつき、僕は不意をつかれ反射的に息を止めた。男の姿が、芝生の庭の中央で、無防備に照らされていた。立花が何かを言おうとした時、背の高い男が手で制した。「ここはライトだけだ」と男は静かに言った。「ライトがただつくだけだ。この家のことは全部調べてある。ライトが何かに、連動してるわけじゃない。周りに人間はいないし照らされても意味がない。ただの防犯グッズだ」

坊主の男が玄関にカギを入れ、わずかに開けた状態でこちらに合図した。全員が車を降り、芝生の上で照らされながら、黒い列となり玄関まで歩いた。昔、空き巣のグループにいた頃に感じた、喉ばかり渇く緊張を思い出した。乗ってきたワゴンが、静かに走り始めた。全員が玄関から中に入ったのを確認し、背の高い男が、ゆっくりドアを閉めた。

玄関の先は暗い廊下が伸び、静寂で冷えていた。靴のまま他人の家に入る懐かしい違和感を思いながら、立花と石川に続き、廊下の奥のトイレの手前にある、女の部屋へ向かった。老人は、二階の寝室にいるはずだった。男達は階段をゆっくり上り、暗がりの中に消えた。僕達は女を縛り、そのまま二階の老人の部屋まで、連れていくことになっていた。

木目のドアの前に立ち、息を吸う。石川がゆっくりドアを開け、中に入った。部屋は暗かったが、十畳ほどの部屋の隅のベッドが、大きく膨らんでいた。石川が既に切ってあるビニールテープを手に持ちながら、ベッドに近づいた。もし女が暴れたら、石川と立花が押さえつけ、脅すために僕が刀を見せることになっていた。僕は刃物の鞘を握り、息を止めた。石川は、足音を殺す歩き方に慣れていた。寝ている女の口をテープで塞ごうとした時、立花が何かを踏み、プラスチックが割れる硬い音がした。僕が立花の方へ振り返ると、ベッドから、低く不明瞭《ふめいりよう》な女の声が聞こえた。石川は女の口と頭を押さえ、耳元で何かを言った。女は何度も頷いたが、身体は反射のようにもがき、激しい息を微かなうめき声と一緒に出そうとしながらやがて静かになった。石川がベッドのライトをつけ、立花が、女を刺激するのを避けるように、静かに刃物を抜いた。女は立花の長い刃物を見、石川の腕を見、ドアの前の僕の姿を見た。激しく鼻で呼吸しながら、女は石川に促されベッドから出た。キャミソールだけを着た女は、下着もつけていなかった。部屋の中央で座らせ、手を後ろに回し用意した紐で石川が縛った。

背も高く、身体の細い女は美しかった。手を後ろで縛られたことで胸がキャミソールの中で目立つように動き、身体を恐怖にくねらせ、長く無防備な足を投げ出していた。命に怯えた女は、女である自分の身体を忘れ、香水の匂いを立てながら、身体のあらゆる膨らみを無防備にさらし続けていた。恐怖と危険の中で、女の身体が女の意志に関係なく、命の火のように全てを惹きつけるように思えた。石川は明かりの前で女の腕が固定されているかを確認し、女にもう一度何かを呟き、新たにビニールテープを切って口をさらに塞いだ。僕は、ライトに照らされ、虐《しいた》げられた姿のこの美しい女が、周囲から際《きわ》立ち、なぜか目前に迫ってくるように感じていた。佐江子の姿が度々浮かび、しばらく女を見続けていたことに気づき、視線を逸らした。立花はむやみに女にふれようとはせず、石川も、なるべくふれないようにしているのがわかった。石川がベッドにあるタオルケットを女の身体にかけ、女の腕の固定された部分をつかみ、ゆっくり立たせた。女を石川と立花で上下で挟むように、階段を上った。ジャンパーの誰かわからない男の体臭にまざり、女の髪の濃い匂いがした。

二階の老人の寝室から、明かりが漏れていた。人間の声が小さく聞こえ、ドアを開けると照明を強く感じた。二十畳ほどの部屋に、刃物を抜いた三人の男と、後ろに回された腕を完全に紐で固定された、座り込んでいる虫のような白髪の老人がいた。

「＊＊＊＊＊、＊＊」

「＊＊＊＊＊＊＊、＊＊＊＊＊、＊＊」

男達は女を連れた僕達を一瞬見ると、また老人に向き直った。男達は中国語でやり取りをし、その様子を、老人が目を見開きながら見ている。男達の手の仕草で、僕達は刃物を抜いた。老人は声を上げることもなく、ただ目を不自然に開いたまま、僕達を凝視した。

「殺さないから、金庫を開けろ」

背の高い男は、片言の日本語というよりは、日本語を比較的上手く喋る外国人の、微妙な発音のずれを意識していた。

「命は……」

老人の声は、野生の鳥のようにしわがれ、濁りがあった。

「何度も言わせるな」

「でも、私を殺したら、金庫は開かない」

老人は微かな抵抗を見せたが、声が震え、汗で身体が濡れていた。

「どっちでもと、リーダーに言われてる。殺してもいい、殺さなくてもいい。もしも殺すの方選ぶなら、金庫ごと運んで、工場で開ける。どっちでもいい。面倒だ、やれ」

スポーツ刈りの男が、刃物を持ち無造作に老人に近づいた。

「返り血は浴びるな。反対に立って喉をやれ」

「わかった」

老人はうめいた。

「本当に命は？」

「どっちでもいい」

「6、5、2、2、1、＊、＊、0、5」

坊主の男が、部屋の隅の棚の中にはめ込まれた、銀色の金庫の前に座った。番号が押され、金庫が開く。背の高い男が携帯電話を取り出し、中国語で喋りすぐに切った。中にあったのは、初めに言われた八千万円より、遥かに多い金額だった。立花が、苦く笑うように喉を鳴らした。背の高い男が白い袋を投げ、坊主の男が黙々と金を入れた。

「待ってくれ。金だけにしてくれ」

坊主の男が紙の束と封筒を手にした時、老人がうめいた。

「＊＊＊＊」

「……え？」

「ああ、株券や、権利書ももらう」

「違う。それは株券じゃない。あなた達には関係ないものだ」

「＊＊＊、いや、字が読めない。わからない」

「本当に」

「黙れ」

背の高い男が面倒くさそうにスポーツ刈りの男に合図をすると、老人は黙った。女は座り込んだまま、呆然と目を開け続けていた。老人は身体を無理に動かし、混乱するようにモゾモゾと揺れた。坊主の男が袋を持って立ち上がるのを見ながら、「本当に違う」と繰り返している。

背の高い男が手をドアに向けたので、僕達は部屋から出た。出る瞬間女を見たが、放心したまま長い足を崩し、タオルケットが身体から落ちていた。スポーツ刈りの男が玄関のドアを開け、周囲を見た。住宅の並びは、静寂を保っていた。ワゴンがゆっくり近づき、男の合図と共に、玄関から出た。門の前で、ゆっくりとワゴンのドアが開く。あまりにも、簡単過ぎた。

「あいつは？」

立花が、やや高揚した声で、男達に聞いた。部屋に残った背の高い男のことを、言っているのだと思った。

「……あと少し待て。言っただろ。後処理をしてる。すぐ通報されては困る」

会話の途中で背の高い男が家から戻り、そのまま助手席に乗った。ワゴンは、来た時と同じように、ゆっくり動きだした。

以前空き巣のグループにいた頃、こうやって全てが終わると解放されたように皆笑った。だが、男達は黙っていた。何気ない仕事を終えたように、淡々と車内でジャンパーを脱ぎ、床のシートの下の空洞にヘルメットと金の入った袋を入れ、座席の中の空洞に六本の刃物を入れた。男達はその作業が終わると、退屈したように小さく息を吐いた。その瞬間、隣の石川と指がふれ、僕は紙切れを握った。

「あのさ」立花が、口を開いた。「こんなに簡単なら、お前らだけで出来たんじゃないか。……というより、そもそも、何で俺達が」

僕は石川からの紙に気を取られながら、彼らの答えに意識を向けた。背の高い男は煙草に火をつけ、喋るのが気だるいというように、振り返らず声を出した。

「……三人でもやれるが、用心のため、人数は増やした方がいい。相手も威圧感を感じるし、老人が協力しなかったら、金庫を持ち出すのにも人数がいる……。あとなんだっけ」

「何で俺たちを……?」

「ああ、本当は、他に三人、ちゃんと用意してた。俺達の仲間だ。でも新美が東京を離れると聞いて、あの人が考えを変えたんだ。簡単に言えば、お前らはおまけみたいなもんだよ。あの人は、お前らみたいなチンピラに金を出すのが好きなんだ」

僕は足首をかく振りをして頭を下げ、紙切れを見た。『すぐ東京を離れる。明日夜七時、新横浜北口前』とあった。

「でもさ」

「うるさい奴だな。俺にもわからんよ。あの人の考えてることは。とにかく、お前らはラッキーだ。あの人が言うように、どっかであの人に感謝してればいい。……これまで、もっと不可解なことはたくさんあった。全てあの人の考えだ。一つだけわかってるのは、あの人がこいつを使えと言った時、そいつらがミスをしたことが一度もないということだ。……俺もお前らを見て、大丈夫だと思った。まあ辞める新美に最後に働かせて、金をやろうってところだろ。恩を着せるっつーか。今までもそういう奴らは多くはないがいた。あの人は若い奴らが好きだから、お前らをどうこうしようとか、そんなことは考えない。お前らみたいな弱いチンピラを野放しにしたところで、恐怖など感じるわけがないだろ。……大体、新美をパキスタンで助けたのだって、あの人からすれば遊びだ。今回のこれも元々シナリオは完璧だし、黙って女を縛るなんて難しいことじゃない。……とにかく、お前らはラッキーだったんだ」

男はそう言うと欠伸を嚙み殺し、煙草の火を消した。車はやがて暗がりの路地を通り、工場の跡地に出た。

「ここまで来ればいい。……とめろ」

男達は車から出て、着替えを始めた。柔らかい肉のようなタイヤの切れ端が散乱し、錆びたプレハブの建物は崩れ、窓の割られた白い軽トラックがあった。僕は着替えをしながら男達から少し離れたが、石川は反応することなく、黙々と服を脱ぎ、また着込んでいた。

「……金をやる」

背の高い男がそう言うと、坊主の男が車のドアを開け、中に入り戻ってきた。無造作に握られた金の束があった。

「五百万。文句ないだろ？　簡単だったからな。つーか、はっきり言って、もったいねえよ」

男は僕達にそれぞれ、金を渡した。背の高い男が欠伸をすると、運転手の男が目を擦った。

「今から適当に道路で降ろすから、お前らはそっからタクシーでも拾え。ああ、新美、ちょっとだけ運転代わってやれ。俺もそうだがこいつもずっと寝てない。事故りそうだ」

車はそれから住宅の並ぶ細い路地を抜け、どこかの国道に出た。背の高い男と運転手は眠り始め、代わりに坊主の男が指示を出し、石川は車を停めた。そこがどこなのか、判断ができなかった。遠くにコンビニエンス・ストアがあるだけで、他に目立った店もなく、外灯の間隔も広く薄暗かった。

「お前ら早く降りろ。……金は服のどっかに隠しとけ。スリもやるしお前らの服には入るだろ。まあ、職質受けるヘマはないだろうけど」

立花が車を降り、僕も続いて降りた。石川も降りようとしたが、「悪いが少し運転してくれ」と坊主の男が言った。

「こいつら寝ちまったし。今から俺らは品川まで行って、この車を処分しなきゃいかん。途中まで頼む」

「いや、俺は」

石川が言うと、坊主の男は声を出して笑った。

「お前らな、ビクビクし過ぎだ。わかった、環七まででいい。そっからは俺が運転するから。本当に面倒くせえな」

僕は石川を見たが、彼が微かに頷いたので、目の前で閉まるドアを、黙ったまま見ていた。車は動き始め、段々と速度を上げながら、やがて暗がりにまぎれ見えなくなった。辺りが、急に静かになった。

僕と立花は、立ったまましばらく黙っていた。時折通り過ぎる車を意味もなく眺め、煙草に火をつけ、僕は石川のことを考え続けた。僕が石川からのメモについて立花に聞いた時、彼は二本目の煙草に火をつけていた。

「……東京から離れろ、だろ？」

立花はそう言い、少し笑った。

「あのさ、あいつ、怯え過ぎだろ。……全然平気だったじゃねえか。俺は別に、こっちに残るぞ。会わなきゃいかん奴いるし、すぐやらせる女もいるし」

「俺は……離れる」

「勝手にしろ。まあでも、凄《すご》かった。しかも簡単でバレない」

立花は、何かを考えるように黙った。

「……あの男何者だ？」

「知るかよ。……木崎とか言うんだろ？　つーか、知らない方がいいんじゃねえの。あいつの言う通りだよ。どっかで密かに感謝してりゃいいんだ」

　立花とコンビニエンス・ストアまで歩き、タクシーを呼んだ。タクシーが二台連なって駐車場まで来た時、立花は何かの合図のように、吸殻を投げ捨てた。

「じゃあ、またどっかで会うだろ」立花が、そう声を出した。「俺達みたいな人間は、またどっかで必ず会うことになる」


　僕はタクシーでそのまま、新横浜まで行った。明け方の街は青くぼやけ、建物や道路や疎《まば》らに歩く人間などが、その青の中で浮かび上がって見えた。僕はタクシーを降り、駅前のビジネスホテルに入った。フロントの女は、今からでは、チェックアウトまで数時間しかないとうるさかった。僕は二泊すると言い、金を払い部屋に入った。

　ベッドに横になり、自分の身体がまだ緊張しているのに気づいた。自分が車の中にいて、同時にあの老人の部屋にもいるように思えてならなかった。眠ることはできそうになく、女を呼ぼうとしたが、この時間に女を用意する店があるとも思えなかった。煙草に火をつけ、これからの自分が、どうなるのかを考えた。何をしながら、何に重きを置いて動いていくのかを考え続けた。老人の部屋で見たあの縛られた女の姿を浮かべながら、また佐江子のことを思った。

上手く眠ることができないまま、石川が指定した夜の七時が近づいた。新横浜駅の北口には、大勢の人間が動いていた。寝ていない自分より遥かに体力と活気のある人間達を前に、僕は軽い頭痛を覚えた。

八時になり、九時になったが、石川の姿はなかった。僕は座り込み、煙草を吸い続けていた。ネオンに照らされた人間達の様々な服の色が、目に痛かった。叫ぶように笑うカップルに視線を向け、壁にもたれる会社員を見、時計を見、自分の靴を見た。手を挙げて近づく男を見、それが別人だと気づいた時、反対側から、ホームレスの老人が近づいてきた。

「これから何があっても」

老人は、僕の目を見てそう言った。心臓の鼓動が、徐々に速くなった。辺りには、笑い合う無数の、顔のぼやけた人間達がいた。

「静かにしてることだ。……命がまだ必要なら。お前は面白い。また会おう」

僕は老人の顔を見つめた。呼吸が速くなり、僕は意識しながら、ゆっくり息を吸った。

「お前は……?」

「……伝言。さっきスーツ着た男から、これもらった」

老人は、ウイスキーの瓶をポケットから出した。

「……他には?」

「ああ、あと」

老人は、顔を歪めて咳をした。

「お前は泳がせることにした。……どこかで密かに、俺に感謝してろ。……だったかな」

駅に入り、適当に切符を買い、新幹線を待った。待合室のテレビからは、戦争のニュースが流れていた。画面が変わり、『衆議院議員××氏殺害』の文字が目に入った。画面に映ったのは、僕達が金を奪った、あの老人だった。

「目撃者で被害を免れた家政婦の話では、彼らは外国人風で、××氏に金庫を開けさせた後、刀のようなもので××氏を殺害した模様です……。警視庁は近年頻発する中国人強盗団の犯行として、捜査を開始しています。国会では……」

後から知ったことだが、その翌日別の政治家の私設秘書が自殺し、公益法人の理事が線路に落ちて死に、ＩＴ関連企業の社長が失踪して死体で見つかった。株価が不自然に上がって急激に下がり、大臣が病状を理由に辞職した後、彼と同じ派閥に所属する政治家が死んだ。

僕はそのまま、東京から離れた。

8

薄汚れた雑居ビルの壁にもたれ、コートで風を避けながら煙草に火をつけた。指をポケットに入れ、首筋や肩に溜《た》まる冷気を感じ続ける。雑居ビルから制服を着た双子のような中年の女達が出、僕を訝しげに見ながら通り過ぎた。指になかなか温度が通らず、コンビニエンス・ストアに入り、熱い缶コーヒーを買う。手に持ちながら、コンサート・ホールに向かった。

喫煙スペースでメールをする振りをし、もう一度煙草を吸う。人間の群れがざわつく気配がし、視線を向けると会場から大勢の人間が出てくるところだった。クラシックのコンサートを聴く客達のほとんどは、年齢層が高く、金を持っていた。ベルリオーズの幻想交響曲、エルガーのエニグマ変奏曲などとプログラムにあったが、僕にはよくわからなかった。

タクシー乗り場に向かう客達の中に紛れ込み、群れの中で最も身なりのいい、老人の夫婦を見る。ゆっくり歩き、ポケットの中の指を動かしながら近づいた。老夫婦は笑顔を向け合い、フランス人の指揮者を褒《ほ》め、今度は現地で聴こうと言い合っている。老人の男はロロ・ピアーナの厚い茶色のコートを着、女はクリーム色の厚手のコートに、グッチのマフラーをしている。孫に何かを買って帰ろうと男が言うと、女も微笑《ほほえ》みながら男の提案を受けた。老夫婦の顔は善良さに満ち、コンサートの余韻の中で、美しいものにふれ、それを美しく受け取ることのできた満足に溢《あふ》れていた。男の顔に浮かび上がる自然な皺が、彼らの人生が間違っていなかったとでもいうように、間違いをすることなく、ここまで来たとでもいうように、柔らかく広がっていた。

恐らく男の財布はコートの内ポケットにあり、古典的だが正面から少しぶつかるしかないと思ったが、男が暑いと声を出し速度を緩め、コートを脱ごうと自らボタンを外し始めた。後ろの視線を自分の身体で隠し、老人のすぐ後ろにつく。コートを脱ぐのを女が手伝う前に、終わらせる必要があった。男がボタンを全て外し、コートの胸元を持って正面に開くようにした時、左斜《なな》め上から、手を伸ばす。左手の中指と人差し指をコートの左内ポケットに入れ、財布を挟んだ。その時、男の温かな表情とその向こう側にある彼らの柔らかな生活に、自分の指がふれた気がした。財布を上へ抜き取り、自分のコートの袖に入れる。僕が男の左横を通過しそのまま追い越そうとした時、女がコートに手こずる男に何かを言い、細い腕を伸ばし手伝おうとした。

老人の財布には、二十二万円と、各種のクレジットカード、そして孫と写ったプリクラが入っていた。老夫婦に挟まれて笑うその少年は美しく、感情を弾けさせ、おどけた表情をしている。僕は財布をポストに入れたが、自分が捨てるように力を入れたのを感じた。高く立ち並ぶ雑居ビルの上に、銀に光る避雷針がある。それは垂直に伸び、高く日の光に当たり、僕は視線を逸らしまた人混みに入った。

タクシーに乗り、自分のアパートの近くで降りた。壁が腐敗した向かいのアパートの陰から、後ろ髪を茶色く伸ばした小さい子供が、何かを言いながら駆けていった。錆びた看板の前を通り、落書きの目立つコンクリートの壁の隣の、シャッターの閉まった店をぼんやりと見た。煙草を吸おうとしてやめ、しかし何かを口にしたいと思った時、指がポケットの中のガムにふれた。スピードを上げた車が、すぐ目の前を通っていった。以前に買って忘れたのか、缶コーヒーを買った時取ったのか、わからなかった。僕は煙草を吸うことにし、コートに身体をくるめながら、気持ちを落ち着けようとした。広い道路に出た時、気だるく歩く通行人の中に、母親の脇で万引きをしていた、あの子供がいた。彼はあの紙袋を持ち、一人で、同じスーパーに入っていった。僕はアパートに戻ろうとしたが、しばらく迷い、スーパーに入った。

　子供は青の半ズボンをはき、上は緑色のジャンパーを着ていたが、生地が傷んでいた。肉売り場まで歩き、しばらく佇んだ後、わずかに顔を傾けた瞬間挽き肉をつかみ、紙袋に入れた。動きは速く、紙袋までの最短の距離を選び、彼の手は動いた。生まれた場所で彼の生活は規定され、その押されていくような重い流れの中で、彼は動き続けているように思えた。野菜売り場に行き、特売コーナーに群がる主婦達の脇をすり抜け、そこにできる死角を利用し、玉ねぎとジャガイモを紙袋に入れた。子供は右利きで、商品をつかむ時間は短く、つかんだ時にはもう紙袋に入れていた。僕は彼の動きを見ながら、あれくらいの年齢だった頃の自分と、どちらが上手いかを考えた。だが、彼は動きは的確だったが、子供がスーパーを一人で歩く姿は目立ち、何より、紙袋という選択が違っていた。万引きを捕まえるため店に雇われた中年の女が、客の振りをし、少年を見つめている。髪の長いその女は、この前とは別の女だった。彼女は不審な動きをする老人をマークしながら、少年への注意も怠《おこた》らなかった。

　子供は女の視線に気づかないまま、アルコール売り場で足を止めた。取らなければならない商品と紙袋との釣り合わなさに、迷いを感じているようだった。スーパーの女の視線は、ずっと子供を捉えている。無数の手が、彼に伸びる映像が浮かんだ。彼の身体を捕まえながら、この子はこういう子であると、世界に彼をさらし、気の毒だとか驚きだとかという囁《ささや》きや視線の中で、その小さい身体が無造作に照らされていくように感じた。僕は子供に近づき、横に立った。不意をつかれた子供はわずかに身体を震わせたが、こちらを見なかった。

「ばれてる。袋置いて逃げろ」

僕がそう言うと、彼は力のない目で僕を見上げた。

「この前と同じだ。見られてる。無理だ」

僕は、見ている女の方へ歩いた。女は僕に気づくと視線を逸らし、菓子類を選ぶ振りをして腰を屈めた。だが、子供は350㎖の缶ビールを三つ立て続けに紙袋に入れ、小走りに、今度は乳製品の棚に移動した。そして、取る商品を、というより、取れとあらかじめ言われている商品を見つけようと、顔を動かした。僕は子供に近づく。女がこちらを見ていないのを確認し、咄嗟《とっさ》にカゴをつかみ、子供から紙袋を取った。

「もういい」と僕は言った。「買ってやる」

子供は一瞬反射のように抵抗したが、彼と比べ大きい僕の身体に視線を向け、動きを止めた。肌が汚なかったが、睫毛が長く、目が大きく濁りがなかった。

「あと、何がいる」

そう言ったが、子供は黙っていた。ジャンパーのポケットから、わずかに紙切れが見える。僕はそれを指で挟んで抜き取り、広げると、商品のリストがボールペンで書かれていた。あの女のものと思われる、斜めに傾いた汚ない筆跡だった。

商品をカゴに入れていくと、少年はついてきた。さっきの女もつけてきたが、子供の横に突然並んだ僕を探るように見つめ、カゴに入った商品を見て、さっきの老人が角に消えると後を追った。子供は僕の行動に受動的に従い、抵抗する素振りもなかった。僕は、スリをやるために、彼とは釣り合わない高価な服を着ていた。子供は自分の万引きをそのような僕に見られたことで、恥を感じているのかもしれないと思った。僕は、子供に顔を向けた。

「お前は上手いけど、……こうやるんだ。見てろ」

紙に書かれた商品は、あとはヨーグルトだけだった。選ぶ振りをしながら、ヨーグルトが陳列された商品棚に、手を伸ばす。目で左右を確認し、中指だけを使い、その指先をヨーグルトの蓋にひっかけて弾くように倒し袖に入れ、そのまま腕を左にスライドさせながら、同じように三つのヨーグルトを弾き入れた。子供は真剣な表情で僕の指を見つめ、それから、不可解なものでも見るように、僕の顔を見続けた。手を下げてもヨーグルトが落ちないことが、彼には不思議であるようだった。

「後は買う。……文句ないな」

僕は子供の返事を待たず、レジに向かい会計を済ませた。店を出て、袋から商品を子供の紙袋に入れた。

「もう、ここは無理だ。見張ってる奴がいて、お前は顔を見られてる」

子供は紙袋の重さで肩をやや下げながら、僕の顔を見ている。

「紙袋の中身をタオルで隠すのは、いいアイディアかもしれない。でもやめた方がいい。まず、子供が紙袋を持つ姿は不自然で目立つ。それに小さくて、これでは商品が入りきらない。……お前は動きに、目的がはっきり出過ぎてる。万引きをするには、ある程度無駄な動きが必要なんだ」

子供の顔が少し真剣になるのを見、目を逸らした。

「……まあ、これ持って帰れ」

僕はそのまま歩いた。振り返るのをやめ、さっきポケットに入っていたガムを、虐げるように噛んだ。

9

目が覚めると、首筋や肩が、汗で濡れていた。夢を見たような気がしたが、はっきり思い出せなかった。住宅や電信柱の向こうの霧、そのさらに遠くの領域に、塔があった。幾何学のような模様が刻まれた、恐らく昔からそこに立つ石の塔だった。真っ直ぐに伸び、ぼやけながら、それは揺るぎないものとしてそこにあった。

僕は煙草を二本吸い、石川のことを思い浮かべた。あの時もう少し立花に聞くこともできたが、彼の話は、信用できなかった。彼が嘘の情報を僕に伝え、それに動かされるのは不快だった。石川がいたあの雑居ビルの事務所は、今はエステ・サロンのフロアになっていた。

不意に胸がさわぎ、僕は外に出なければならないと思った。どこか高級なホテルのラウンジか、ブランドショップか、以前行こうとしてやめた羽田空港か、決めようと思う。歩きながら考えようとドアを開けた時、ひび割れたアパートの廊下に、あの子供が座り込んでいた。彼の姿は、この古びたゴミのような場所によく馴染んだ。彼はドアを開けた僕をぼんやり見上げ、受動的に待った。

「……何をしてる」

そう言っても、彼は反応しない。あの後僕をつけていたのは知っていたが、ここまで来るとは思っていなかった。

彼は手に茶色い紙袋を持っていたが、それは昨日より大きいものだった。だが、そういう問題ではないことを、彼も知っているのだと思った。

「今度は何だ」

僕がそう言うと、子供は紙切れを出した。「豚肉300g」「生姜」「レタス」「レンコン」「にんじん」「スーパードライ500、3本」「イカの切り身」「カップメン（お前が好きなもの）」斜めに歪む乱雑な字が、広告紙の裏に書かれている。客の男の誰かに、料理でもするのかもしれない。

「……これは無理だ。万引きに適さない。缶詰とか、たとえば野菜なら加工されて袋に入ってるのを選べ」

子供は以前と同じ青の半ズボンと、緑色の薄汚れたジャンパーを着ていた。半ズボンから伸びた足を、彼は右手でこすり続けている。寒さのせいか、染み込んで固定された無意識の癖かわからなかったが、その腕の動きを見ながら、頭がぼんやりとして仕方なかった。僕が部屋に戻りバッグを手にすると、子供は紙袋を持ったままついてきた。今の僕の姿を見たら、石川は笑うだろうか。僕は無理に少し笑い、近づいてくるタクシーを止めると、子供は「どこに?」と初めて声を出した。子供の声はまだ周囲に侵食されず、高く澄み、幼かった。

「あのスーパーは無理だ。目をつけられてる。遠くに行く」

僕は運転手に行き先を告げ、シートにもたれた。少年はなぜか、過ぎていく風景が珍しいものであるかのように、唇を硬く閉じ、窓の外を食い入るように見ていた。


デパートの地下にある巨大なスーパーに入り、カゴを手にした。豚肉の切り身を手に取り、バッグに入れる。この黒いバッグは模様にそって切れ目が入れてあり、チャックを開けることなく物が入った。子供は僕の手の動きを見た後、バッグに視線を向け続けていた。「右のコートの端持ってろ」と僕は言った。「親子の振りして側にいろ。お前の身体がバッグの死角になる」

商品をバッグに入れながら、カゴにカモフラージュの弁当を入れる。店に雇われている万引き防止の係りの女は、老人に近い眼鏡をかけた女だった。係りの女は普通の客を装うため、カートのカゴに商品を入れていたが、長時間見張る必要から、その中身に生ものはなかった。彼女は四十代くらいの、中年の女に視線を向けている。髪を茶色く染めたその中年の女は、白の長いダウンコートを揺らしながら、商品の棚の前を歩いていた。

「……その位置から、あの女見てろ」

中年の女はカゴを手に持ちながら、箱入りのチョコレートを素早くポケットに入れた。その瞬間を係りの女は見逃したが、何か確信があるのだろう、引き続き彼女の後をつけている。

二人の女は、歩きながら通路の角に消えた。

「……あれは、多分病気だ」

「病気?」

「……ピック病。無意識に物を盗む。そういうのがある」

僕はそう言いながら、表情を変えないように意識した。

「若年認知症の一種とか、色々言われてるが、謎が多くて不思議だ。なんでそうやって無意識になった脳が、物を盗む行為に出るのか。なぜ盗みでなくちゃいけないのか。

……何か根本的なことがあると思わないか」

子供は、わからないと首を振る。

「……だが、今はチャンスだ。……混んでるし係りの女もいない」

僕は紙にある全ての商品をカバンに入れ、カゴにビールと水、ハムを入れた。レジで会計を済ませ、店を出た。


公園に行き、子供に弁当を向けると何も言わず食べ始めた。水も渡したがあまり口をつけず、ただ弁当の肉を食い、卵焼きを食い、喉が詰まるほど次々と口に入れた。

僕はビールを開け、ハムを噛んだ。空には濁った雲があり、段々と落下するように低く、太陽の光を隠している。遠くのベンチで子供の群れが固まりをつくり、それぞれが手にゲーム機を持ち、画面に見入っていた。

「子供が万引きするには、ものを選ばなきゃ難しい」

僕がそう言うと、子供は弁当を口に入れる合間に、こちらに視線を向けた。

「菓子とか、せいぜいジュースだ。スーパーで野菜を取るには無理がある。……たとえば」

僕は子供のジャンパーにふれた。

「そのジャンパーの内側に袋を縫いつける。ポケットに穴を開けて、その袋の中と繋げるようにする。前のチャックにそって、折り返しの布地で隠れるように切れ目を入れてもいい。全部がその袋に入る。膨らみ過ぎない加減でやめる」

子供は、いつの間にか弁当を食べ終えていた。

「それか、カバンだな。ランドセルじゃ目立つ。塾に行くようなカバンがいい。さっきの俺のバッグみたいに、切れ目を入れれば色々入る……。あとは盗みだ。財布を」

「したことある」

子供は、遠くの子供の群れを見ていた。

「お母さんと、満員電車に乗った時」

「そうか」

「財布が、ポケットから出てたんだ。どこかのじじいの。……取れそうだ、と思って、取れるかな、と思って、取った。七千円入ってた。……それから、時々やった。一人で電車に乗って」

「やってみろ」

僕はそう言い、自分のサイフをズボンの後ろのポケットに入れて立った。子供は僕の左足に自分の身体が思わずぶつかったようにもたれかかり、左に重心を傾けたまま、ほぼ同時に右手で財布を取った。

「まああだけど、やめた方がいい。……遊びのレベルだし、お前は慣れてない。本当はこうやって、二本か、三本の指で挟む。そんな風に親指は使わない。まあ、でもお前はまだ力がないし、指も短いし親指は仕方ない」

僕はビールを飲み干した。

「道具を使ってもいい……。財布を引っ掛ける、先が釣り針みたいになったやつ」

「……持ってるの?」

「俺は道具は使わない。でも、こういう道具を使った、有名なスリがいる」

「どんな?」

少年は、僕を見続けていた。

「バリントンというやつ。……昔のイギリスにいた、アイルランド人。芝居の一座にいて、貴族のパーティーに呼ばれて、金持ちから散々スった。……スリのためのそういう道具を自分でつくって、使いこなしたんだ。議員や大使からも取ったし、聖職者に変装してスったりもした。プリンス・オブ・ピックポケットって呼ばれて、まあ凄かったらしい」

「他には?」

「まあ、別に知らなくてもいいだろ」

「……え？」

子供が驚いたように僕を見た。そして喋っているのは僕であるのに、まるで自分が喋り過ぎたかのように、恥じる表情をした。半ズボンから出た足は細く、汚れた靴に土がかかっている。

「……自分がスった財布に署名入りのカードを入れて返した、変わり者もいた。……ドーソンというアメリカの有名なスリだ。アンゲリッロっていう、推定で十万回スリをした凄い男もいる。……エミーリエという女はスリで逮捕され、裁判中に判事のメガネケースをスった。法廷は爆笑だったらしい」

子供は、少し表情を崩した。

「……日本には？」

「……小春っていう、凄いのがいた。昔はガマグチの財布が一般的で、こうやって、先がパチンと固定されるやつだ。首から紐でぶら下げてる人間もいた。……そいつは、相手のコートのボタンを外し、その首から下げたガマグチから、中身の金だけ取ることができたらしい。『中抜き』という技。しかも、取った後、ガマグチは閉じられ、コートのボタンもとめられてたと言われてる。凄まじい腕だよ」

「……本当に？」

「惨めさの中で、世界を笑った連中だ」

子供の群れは、時計を見ながらゲーム機をしまい、やがて公園から出た。犬の散歩をする若い男女が通り過ぎ、母親に手をひかれた小さい少女が、何かを言いながらこちらを見ていた。

「一日で、一千万取ったやつもいる」

「……一千万？」

「ああ、俺の知り合い。死んだ、……多分」

子供が、僕の顔を見上げる。車の中で最後に頷いた石川の顔と、道路に消えたワゴンの赤いテールライトが、頭に浮かんだ。

「そういうやつらの最後は、大抵悲惨だ。……だから、真似するな。ろくなことにならない」

僕は、あの孫のいる老人から取った二十二万円を、子供に見せた。

「これを全部やる。またスーパーで取って来いと言われたら、この金使って買え。もう来るな」

「……なんで？」

「忙しい」

僕はベンチから立った。子供は僕に近づいたり、離れたりしながら、無言のまま歩いた。僕と離れる時も、子供は何も喋らなかった。部屋に戻ると寒気がし、布団に入っても治まらず、風邪を引いたのだと思った。薬を買いに出るとさらに身体が冷えたが、とにかく薬を飲み、寝ようとした。二日間、僕はほとんど布団の中で過ごした。佐江子の夢で目が覚めると、玄関のチャイムが鳴っていた。無視したが鳴り止まず、夕方か夜かわからないまま、不味くなった煙草に火をつけた。ドアを開けると、子供の母親がいた。

10

子供の母親は短いスカートをはき、柄のある黒いストッキングで足を包んでいた。僕の顔を訝しげに眺め、部屋の奥に視線を向け、自らここに来たはずであるのに、戸惑うように視線を動かした。右の目を強く閉じるチックの動きをしながら、バッグのボタンにふれ、やがて僕を探るように見上げた。その視線の上げ方が、あの子供に似ていると思った。

「……なんだよ」

「いや……」

女は、もう一度右の目を強く閉じた。

「あなた……こんなとこに住んでるの？」

「は？」

外は雨が降り、女が傘を持っているのに気づいた。作業着を着た外国人が、煙草を吸いながら雨に濡れ、向かいの薄暗い路地を横切っていった。

「子供が、あなたにもらったって言ったから。……十万も」

僕は、急に面倒になった。

「返しにきたのか」

「返さないよ。返すわけないし。ただ、なんで？」

「どうでもいい」

「気持ち悪いじゃん」

確かに気持ち悪いと思ったが、それだけの理由で、わざわざ来るとは思えなかった。

「いいから帰れ」

「入れてよ。大声出すし」

女はそう言うと、無理に笑みを浮かべるように唇を動かした。僕が部屋に戻ると、何かを呟きながらブーツを脱いだ。彼女の右目の動き、その過剰な力の入れ方に、佐江子の身体を連想した。女は着ていた白いハーフコートを脱ぐと、胸の形を強調するような、身体に張りついた白いセーターを着ていた。

僕は散乱する服を足でどけ、座ろうとしたが、女が先にそのスペースに腰を下ろした。部屋の角のアイロン台の上には、紙屑に交ざり、現金が散らばっている。僕は、ベッドの上に移動した。

「あなた……何してる人なの？」

女は、僕の部屋を眺め続けている。

「関係ない。で、何だ」

「いや、何で十万もくれるの？　……そういうことなんでしょう？」

「は？」

「だから、あの子に何かしたんでしょうって。……警察行けば終わりだし」

女は顔を引きつらせ、無理に目に力を入れ僕を見た。僕はおかしくなり、少し笑った。脅すには、彼女は動揺し過ぎていた。

「そんなことするかよ」

「でも、理由あるでしょう。誤魔化《ごまか》しても無理だし」

「死んだ子供に似てるんだ」

僕は、そう嘘をついた。女は一瞬、迷うように視線を動かした。僕は続けて、適当に言葉を出した。

「死んだ子供に似てる。……俺は金はあるけど、部屋とかに興味ないからここに住んでる。日本中に色々適当に借りてる。十万なんて大した金じゃない。万引きする惨めな子供がいたから、募金感覚で適当にやっただけだ。あの時はちょうど酔ってた。大体、警察行ってやばいのお前だろ」

「でも……」

女は、何かを考えているようだった。アイロン台に置かれた無造作な金を見、クローゼットにも視線を向けた。

「じゃあ、違うの?」

「違う」

「でもさ……、えっと、まあ、わたしも絶対そうだって、思ってたわけじゃないんだけど」

女はそう言うと下を向き、何かを飛び越すように、こちらに顔を上げた。

「ならさ、客になってよ。……最近減っちゃったんだ。……彼氏の金使い荒いし、本当にやばいんだよ。明日中にお金がいるんだ。……前は一万でいいって言ったけど、取りあえず五万くらい。……死んだ子供に似てるんでしょ?」

「やめとく」

なぜか、僕の言葉には投げ捨てる響きがあった。女はぼんやりと僕を見、右目をきつく閉じて開き、見てわかるほど口で息をした。

「まじで？　ふざけんなよお前」

女は突然、そう叫んだ。僕は驚いたが、表情に出さないように意識した。女の顔に不自然な皺が寄り、自分を抑えられないというように、床を叩き、不明瞭な声を喘《あえ》ぐように上げた。女の感情には、しかるべき段階がなかった。近くで見ると肩と顎の辺りが不釣合いに痩せ、手の甲と首をかきむしるのか、幅のある赤い痣が浮かび上がっていた。

「……馬鹿にしてんだろ？　……売春してる女抱けないとか。こっちも好きで言ってるわけじゃないし。わたし全然悪くないし。最悪だし」

僕は彼女の言葉を聞きながら、身体の中に、何かが湧き上がるのを感じた。呼吸が、なぜか速くなった。

「違う。……俺はそんな風には思わない。大体、俺はスリだ。スリが売春婦を笑うか？　……いいか、俺は」

女が、僕を驚いたように見ている。自分の様子が妙なのだと思い、僕は煙草に火をつけ、ゆっくり吸おうとした。

「……本当にスリだ。だから色々わかる。あの子供、このまま万引き続けると、捕まるぞ。そうしたら、お前のところに警察が行く。お前も困るだろ。だから、もう強要するな」

「……だって」

「金なら、ここにあるのをやる。二十万くらいある。こんなの、運が良ければ一日で取れる。だからもう強要するな」

「……本当に？」

そう言った女の目は、疲労の奥に微かな光沢を見せ、誰にも見られていないかのように、おもむろに、金に視線を向けた。その瞬間、女が何かに、頭上から照らされたように思った。女の痩せた肩と、しなるように曲げた身体と、その視線のおもむろな光沢の一瞬に、僕は胸がさわいだ。

「脱げよ。……考えが変わった。……その代金だ」

僕がそう言うと、女は自分の中で何かを納得したように、微かな笑みを浮かべた。そして、僕の顔を覗き込むように見た。

「わかった、強要しないよ。……あの子にもちゃんと食べさせるから」

女は躊躇なくセーターを脱ぎ、スカートのホックを外しながら僕に近づいた。バッグの中に手を入れ、「これいいよ」と錠剤を見せたが、僕は手で遮った。女が何かを言おうとする前に、「スリは薬はやれない」と嘘を言った。

女をベッドに倒しながら、佐江子のことを考えていた。佐江子は四年前まで、よく会っていた女だった。結婚をし子供も一人いたが、彼女は僕の部屋によく入ってきた。「結婚するべきじゃなかった」彼女は、そう口癖のように言った。佐江子は、僕とセックスをしながら泣いた。

泣きながら喘ぎ、身体を震わせ、僕の髪をつかみ何度も舌を僕の口に入れた。彼女の身体は痩せていたが美しく、照明の光を受け、あらゆる部分が脈打つようだった。彼女は泣きながら何かを呑み込む仕草で口を開き、やがてどのような感情かわからないものを吐き出すように、放出の手段がたまたまそうであったように、裂けたように笑った。

「……私は目の前にある価値を、駄目にしたくなる。……何でだろう。何もいいことなんてないのに。自分が何をしようとしてるのか、わからなくなる……、あなたは、何か望みとかある？」

佐江子は喋る時、いつも僕の顔を見なかった。

「スリなんでしょう？　凄いよね。でもお金じゃなさそう」

「最後かな」

僕は、不意に口を開いていた。

「最後？」

「自分の最後が、どうなるのか。……こういう風に生きてきた人間の最後が、どうなるのか。それが知りたい」

あの時佐江子は、笑わなかった。なぜか無言のまま僕の上に乗り、またセックスを始めようとした。


「……夢を見る。白昼夢でも、いつも同じことを考える」

佐江子がその話をしたのは、僕と離れる、一ヶ月前だった。僕と彼女はホテルの赤い照明に照らされ、服を着るのも面倒なまま、ベッドの上で天井や壁を見上げていた。

「どこかの、地下の地下。……周りを古くて腐った壁に囲まれてる、すごく湿った場所。……私はその中で、もっと下、もっと下って、堕ちてくんだ。……そこの一番下に、ベッドがある。誰もいないベッド。ベッドが置いてあるからもっと下があるとかじゃなくて、そこが、本当の一番下なんだ。……ベッドは窪《くぼ》んでて、それに、ぴったり私の身体が合わさる。合わさりながら、でもそのベッドの窪みは、段々と私を絞めてくるんだ。あなた達の腕みたいに。……私はベッドの窪みに絞めつけられて、安心するみたいに、何ていうか、性的に凄く興奮してる。いろんな価値を踏みつけて、身体が火みたいに熱くなって、私はその中で、何度も、何度もいく。……私は泣いたり笑ったりして、いろんなものを壊して、舌を出したりして、身体の痙攣《けいれん》が止まらないのにまだ許してくれないみたいに、気を失って、またすぐ目が覚める……。輪郭が、曖昧になるんだ。灰色の、煙みたいになる。私はそんな風なのにまだ意識があって、その灰色の細かい粒の一つ一つ、その粒の先まで、痛いくらいにずっとそういう感覚がある。……それで私は熱と一緒に白くなるんだ。でもそうなる瞬間に、何か高いものがある」

彼女がそう言った時、僕は彼女の顔を見た。

「……光る、長いものが、外の高いところにある。どこかの外に、私は出たみたいになる。そして、それを見ながら、あれはなんだろう、と思う。それは奇麗《きれい》で、雲より高くて、先が見えない。それで思うんだ。私はあそこにはいけない、この煙みたいに熱くなる今のこの白が、頂点だって。頂点と言っても、上っていくわけじゃないよ。なんていうか、そこが私の限界値とか、そういう意味なんだ。……凄く気持ちよくて、いろんな価値を滅茶苦茶にして、私は感覚だけの存在になって、どうしようもなく熱くなって、そのまま消える……。光る長いものは遠くにあったけど、でも私は、満足しながらその破滅の下で死ぬんだ。確かにそれは高いし奇麗だったけど、それに、憧れて仕方ないけど、だって、これが私の望みの、最大のものなんだから」

女は錠剤のせいか声を何度も叫ぶように上げ、僕の背中や肩や腹に爪を食い込ませた。終わった後も、女は僕の口の中に、しばらく舌を入れ続けた。僕はまだ、佐江子のことを考えていた。「でも、実際の破滅は、そんな抽象的じゃない」彼女は、いつかそう言ったことがあった。「破滅にはいつも、つまらない形がある。つまらない現実の形がついてくる」

女は身体をようやく離すと、僕の煙草に火をつけ、大きく吸った。身体をまた寄せ、僕の心臓の上に手を置いた。雨はいつの間にかやみ、辺りは静かだった。遠くで、高く響くサイレンの音がした。

「あのさ、また会ってよ」

女は、そう言うと僕の肩に鼻をつけた。

「……もうこんなにお金いらないし、もっと少なくていいから」

「いや……」

　僕がそう言うと、女は声を少し大きくした。その声が一瞬佐江子と重なったように思い、僕は視線を逸らした。

「良かったでしょう？　良かったはずだよ。やっぱり」

「違う。そういう意味じゃない。……大体、売春は、人間最初の職業って言われてる」

「最初？　ふうん。……二番目は？」

「……スリは職業？」

「スリだよ。盗み。これは本当の話」

　そう言われたので、僕は少し笑った。

「わからないけど、ただ、破滅するなら一人でするべきだ。子供を巻き込むな」

　サイレンの音は段々と大きくなり、やがてすぐ近くで止まった。

「……わかってるよ。もう万引きさせない。彼氏来る時は外に出しとく。それでいいでしょう？　ちょっと彼は手を挙げちゃうから」

「手を？」

「ちょっとだよ。はたくくらい。酔った時」

「……とにかく、万引きは」

「わかった。でもまた会ってね」

彼女は時計に視線を向け、服を着て金をつかんだ。


女が出て行った後も、僕はぼんやりと佐江子のことを考え続けていた。彼女がもう会えないと言った時、彼女は泣いていた。

「私が駄目になったら、今でも十分駄目だけど、本当に破滅したら、また会ってよ」

そう言った時の彼女は、確かに真剣だったように思えた。僕は、彼女の顔を少しでも長く見るために、視線を変えなかった。

「次に会う時は、俺はもっと駄目になってるよ。……あなたに負けないくらい」

僕がそう言うと、佐江子は微かに笑った。

「うん。そうしててよ。……あなたはどんな人間にも、変な顔をしないから」

しかし、彼女は僕に連絡をしないまま、自分で死んだ。どこかに消え、夫が見つけた時、大量の薬を飲んでいた。側には、遺書も何もなかった。

僕はそれを知った夜、街に出て、金持ちも普通の人間も見境なく、財布を取った。人の群れに入り込み、財布を取り携帯電話を取り、ハンカチやガムやレシートの屑まで取った。僕は呼吸を乱しながら、自分の中に走る緊張と快楽の中で、あらゆるもののを取り続けた。頭上には、白く高い月があった。

11

久しぶりに外に出たが、細かな雨が風に揺れ、辺りは霧のように、あらゆるものがぼやけて見えた。作業着を着た外国人の集団とすれ違い、酷く短いスカートをはき、大声で電話をする女の横を通り過ぎた。後ろからついてくる子供に気づいたが、無視すれば諦めると思い、歩き続ける。携帯電話を意味もなく握り、自動販売機で缶コーヒーを買い、手を温めた。熱は下がっていたが、まだ頭に痛みがある。缶コーヒーを飲み、どこへ行くか考えた。

羽田空港より、近くのホテルか、何かのイベントに紛れた方がいいと思った。コンビニエンス・ストアに行き、イベントを調べるため雑誌を買う。袋を持って出ると、あの子供が、駐車してあるタイヤの汚れた軽トラックの後ろにいた。子供を諦めさせるためと、雑誌を読むため、僕は古びた喫茶店に入った。店内は薄暗く、湿気があり、天井がやや低い気がした。飲んだばかりだったが、僕はコーヒーを注文した。

店員の女は短いスカートをはき、黒のストッキングで足を包んでいた。あの子供の母親を連想した時、子供が喫茶店に入ってきた。ガラスのドアが、細かな雨で濡れている。子供は僕と同じように、傘をさしていなかった。

子供は僕のテーブルに座り、笑顔で近づいたスカートの短い女に、オレンジジュースを注文した。僕は煙草に火をつけながら、子供の汚れた服装を見た。

「帰れ」

僕がそう言っても、子供は返事をしなかった。そして自分が最初に喋るというように、「お金取られた」と小さく言った。

「そうか」

「……でも、十万だけだよ。取られたの。十二万は持ってる」

「ああ」

子供はオレンジジュースが来ると、それを飲むのが大したことであるかのように、視線を止めた真剣な表情で、ストローに口をつけた。

「……いいから、帰れ。俺はやることがある」

僕はそう言ったが、子供はオレンジジュースだけを考えるように、飲み続けていた。

「それ、見せてよ」

「駄目だ。言っただろ。邪魔なんだ」

子供は飲み終わると、僕のコーヒーを眺め、ストローの袋を手でさわり始めた。

「遠くで見てるだけだよ。勝手に見るだけならいいじゃないか」

「駄目だ」

「何で？　遠くなら、邪魔じゃない」

子供は、前よりもよく喋った。

「……家が嫌なら、図書館で本でも読んでろ」

「……お母さんと、そういうことしたの？」

店のわずかな照明が、グラスの水の表面に反射していた。僕は少し驚いたが、表情に出さないように意識した。僕は、息をゆっくり吸った。

「わかっただろ。俺はお前の救世主じゃない。その辺の男と一緒だ」

「……いいよ、別に」

子供は下を向き、ストローの屑をさわり続けた。

「……慣れてるから。見ちゃったこともあるし」

「……でも、嫌だろ」

「嫌だよ。でも……」

子供は太ももをかき、何かを言おうとしてやめた。グラスの氷が溶け、その微かに残るオレンジと混ざり増えていく水を、子供は音を立ててストローで吸った。店のスピーカーからは、クリスマスソングが流れている。

「あいつじゃなくて、おじさんが」

「無理だ」

「うちのお母さんじゃ?」

「……父親は?」

「知らない」

僕は、なぜ子供に質問などしたのだろう。レシートをつかんで外に出ると、子供がついてきた。

新宿駅東口を出て、動き続ける人間の流れを避けながら、ネオンの下を歩いた。雑居ビルの壁にもたれ、煙草に火をつけると歩いてくるホームレスと目が合った。子供はホームレスを恐れ僕に近づき、袖をつかもうとしてやめた。僕は煙草を吸い続けながら、様々に動く人混みの流れを眺めた。

「人間は、いつも集中してるわけじゃない。……一日のうち何度も、意識が散漫《さんまん》になる」

「うん」

子供は、なぜかさっきの喫茶店の、色のついた紙のコースターを持ってきていた。

「……誰かに名前呼ばれるとか、大きな音がした時、人間の意識のほとんどはそこに気をとられる。さっきのお前も実際、ホームレスに気をとられていた。人間の認識には限界があるんだ。もっと言えば、息を吸ってる時と止めてる時の人間は敏感だが、吐く時は弛緩《しかん》する」

子供は、僕の袖に視線を向けた。

「スリは、こういう人間の意識を、故意に利用する。古典的なものは、ぶつかった瞬間、財布を取るというものだ。でも本当は、スリは一人でやるものじゃない。仲間がいる。三人が基本だ。ぶつかる役、周囲からその瞬間を隠す役、取る役……。ぶつかると言っても、思い切りぶつかるわけじゃない。肩がふれる程度でいい。こういう人混みなら、相手の前を歩いていきなり立ち止まれば、後ろの人間はバランスを崩すだろ？　それくらいでいい。左からの視線は実際に取る役が防いで、右と後ろからの視線は隠す役が防ぐ。取る役は財布を取ったらすぐ、その財布を隠す役に渡してしまう。

ない」

携帯電話で喋りながら歩く女の横を、ホストがまとわりついている。醜《みにく》い顔を無理に日焼けさせた男の姿は、息を飲むほどに無残だった。

「五人いれば、二人がわざと喧嘩して、周囲がそれに注意を取られてる間に、残りの三人はその見物客達から財布を取ることができる。大道芸人とスリが仲間だったという話もある。昔、前に話した一千万取った男と行動していた時、色々やった。……そいつが酔っぱらって絡む振りをして相手に抱きつき、俺がそれを止めに入って財布を取る。俺が相手に足をかけて倒して逃げ、起き上がる相手にそいつが手を貸しながら取る。……ホームレスに金つかませて、人混みの中でスリだ、と叫ばせたこともある。人間達は一斉に、無意識に財布の位置に手をやる。それでそれぞれの財布の位置がわかり、取りやすくなる。……まあ、お前みたいな子供は、懐の財布は無理だ。ズボンの後ろポケットだな。俺は道具は嫌いだが、小さい刃物を使ってもいい。……ポケットを縫い目に沿って切れば、財布は重力でそのまま下に落ちる。でもとにかく、基本は相手の意識をどう散らすかだ」

僕が歩き出すと、子供はついてきた。

「そこにいろ。一回だけだ」

僕は、さっきの無残なホストを目で追った。

「あいつは右の後ろポケットに財布を入れてる。俺は今から後ろを歩いて、あいつの靴の踵《かかと》を踏んで、あいつがバランスを崩した時に、その身体の動きに合わせて財布を取る。踵の踏み方にも、もちろんポイントがある。足が、次に前に動く瞬間を狙って踏む。そうすれば、大抵は前のめりになる。周囲の視界は、自分のコートで隠す」

僕はコートのボタンを外し、ホストに近づく。ホストは周囲を見渡し、派手な女を見つけ方向を変えた。彼の後ろにつき、コートを少し広げ左からの視界を防ぎ、右に視線を向け人がいないのを確認し、右足を踏むと同時に財布を指で挟み、彼がバランスを崩した瞬間、その身体の流れに合わせ財布を引き抜いた。財布を右の袖に入れ、転びそうになり振り向いた彼に、短く謝り先を急ぐ振りをする。彼は何か言おうとしたが、視線を動かし、さっきの女に急ぎ足で駆け寄っていく。財布を袖に入れたまま道を変えると、子供が追ってきた。

「……取ったの？」

あまりにも典型的な、茶色のヴィトンの財布だった。

「八千円か……しけてるな。財布はその辺の溝に捨てる」

「……見えなかったし。でも、相手の動きに合わせるってのは、何となくわかった」

「……そうか」

子供は、主張するように頷いた。

「……お前は小さいから、思い切り、子供らしくぶつかった方がいいかもしれない。ぶつかった瞬間、財布を取る。それで謝って、ぶつかった時と同じように、また駆けていった方が。電車だと、見つかった時逃げ場がない」

「やってみたい」

「無理だ。……まあ俺にやってみろ」

近くにあったマルイに入り、トイレの鏡の前に立った。僕はコートを脱ぎ、ズボンの後ろに財布を入れた。子供は僕にぶつかった瞬間、財布を取った。人差し指と中指、薬指で挟んでいた。

「……もう一回やってみろ」

子供は同じ動きを繰り返し、同じように、財布を取った。僕の身体のバランスが崩れる瞬間と、取った瞬間はほぼ同じタイミングだった。あの頃の自分と同じくらい速く、ミスをしない限り、見つかることはないだろうと思った。「全然駄目だ」と僕は言った。

人間の流れは、さっきより多くなっていた。子供に何か服を買おうと思った時、彼は帰ると呟いた。機嫌を悪くしたのだと思ったが、帰る時間が遅いとぶたれる、と静かに言った。

「……母親に？」

「いつも家に来る人」

子供は、平然と僕を見ていた。

「酔ってたりすると、時々。何か、怒る理由探してるみたいで、だから、まずいんだ」

タクシーを止め、ホストから取った八千円を子供に渡す。ドアが閉まる前に、子供はまた会ってくれと小さく言った。駄目でも来るだろうと僕が言うと、彼は頷き、微かに口元を緩ませたように見えた。

走っていくタクシーを見ながら、恐らく、その同居人は母親の職業を知っていると思った。もしかしたら、その同居人からの要求もあり、母親は動いているのかもしれない。デパートのショウウィンドウに、着飾った子供のマネキンがある。適当に買おうかと思った時、道路を挟んだ向かいの道に、裕福な男を見つけた。手持ちの金がなく、ちょうどいいように思った。

佐江子の顔が浮かび、彼女の子供が今何をしているか考えた。彼女の子供と、あの子供は恐らく年齢も近いはずだった。さっき道で見つけた男の正面に回り、軽くぶつかり、財布を指で挟んだ。何かいい服より、着替えができるように、多くの服を買った方がいいかもしれない。鼓動が激しく乱れ、手首が、つかまれていた。僕は何が起きたか一瞬わからず、逃げようとしたが、僕の手をつかむ指には、異常な力が込められていた。手が完全に固定され、身体が硬直したように、その場で、動くことができなくなる。周囲の人間達が、僕達に気づかずに通り過ぎていく。ネオンの光があり、走っていく自動車の列があり、そびえ立つ、大きな雑居ビルの群れがある。目の前に、僕の手首をつかんでいる、木崎がいた。サングラスをし、無表情で、髪が不自然に短く、首にはなぜか傷がない。人間の流れは、僕達を避けて動き続けている。僕は、男から、視線を逸らすことができなかった。

「久しぶりだな。ずっと見てたよ」

乱れていく呼吸を、どうすることもできなかった。なぜ彼がここにいるのか、意味がわからなかった。

「新美が言ってたよ。……お前達は、金持ちしか狙わんらしい。遠くから見つけて、近づいてわざと目の前を歩いてみたんだが、見事だ。俺は確かに、この中で一番金を持っている」

12

男に腕をつかまれたまま、歌舞伎町を抜け、暗がりの中の雑居ビルに入った。暴力を加えても、もがいても無駄と思えるほど、彼の力は強く、むしろ逃げた場合の危険を感じながら、暗闇の階段を上った。コンクリートの踊り場は砂や土で汚れ、灰色の壁は所々が黒く、重く変色している。戻る出口は、既に遠かった。看板も表札もないドアを開けると、中にもう一枚黒い鉄のトビラがあり、開けると激しい音と共に、赤い光が入った。複数の男女が、強い照明の下で動いている。ソファやテーブルがあり、その上で動く裸の身体があった。テーブルの上に座る女の開いた足の間に老人が顔をうずめ、若い男の動きに歓喜する女の叫びが聞こえ、舌を入れ合いながら、ソファの上で上下する複数の男女がいた。男は僕の腕をつかんだまま、彼らの間を通り抜けた。男の性器を口に含んだ女と目が合い、その向こうに、若く顔立ちのいい二人の男に、執拗に身体をさわられている、口を開けた女の顔があった。ウエイターのような男が無言でカウンターから下り、周囲の男女を見ることもなく男を先導した。床で犬のように這った女が、何かを叫びながら僕の足をつかんだ。僕は腕を振り払ったが、彼女は僕の足をつかんだことも、振り払われたこともわからないようだった。寝そべりながらどこかを見ている女の身体があり、床に倒れた体格のいい男の姿があった。首を絞められ仰け反った女の脇を抜け、女に身体を舐められる男と、床で一人で痙攣する女の向こうにドアがあった。僕はなぜか、このフロアに石川がいるのではないかと、そういう思いに囚われていた。ウエイターがドアを開け、狭い廊下の向こうにさらに続くドアを開けると、狭い個室になっていた。向かい合うソファの中央に、小さな銀色のテーブルがある。印象派風のぼやけた植物の絵画がある他は、壁には何もなかった。

「何か飲むか?」

男は、先ほどの光景を平然と無視するように、そう言葉を出した。

「……いらない」

「じゃあ、水と、あれ」

男がそう言うと、ウエイターは深く頭を下げ、ドアを閉めて出て行った。音が完全に消えた静寂の部屋で、遠くから呼ばれるように、高い耳鳴りがした。

「……ここは、地獄だ。面白いだろう?」

男はそう言うと、煙草ケースから煙草を抜き取り、口に挟んだ。

「だが、安全な地獄だ。性病検査をパスした人間しか、入れないから。でも一度会員になればおしまいだ。地獄だから。リピーターにならなかった人間はいない」

ドアがノックされ、ウエイターが入ってくる。螺旋が刻まれた長いグラスと、ウイスキーのような液体の入ったボトル、そして透明なグラスと水を入れた瓶をテーブルに置いた。ウエイターが出て行くと、また部屋は静かになった。

男は無言のまま笑みを浮かべ、そのウイスキーに似たものを飲み始めた。僕は乾いて痛みを感じる喉を、少しずつ水で濡らした。男が指で机を叩きながら、僕を見続けている。

「偶然、ではないんだろ?」

僕はそう言ったが、濡らしたはずの喉は、まだ掠《かす》れていた。両腕の裏の筋肉が、微かに痺れた。

「偶然なわけがない。お前が東京に戻ってきたことは、ずっと前から知ってた」

「……なぜ?」

「立花から聞いたから。……まあ、あいつから聞かなくても、いずれわかった。お前とは、ちょうど会おうと思っていたから。お前が今新宿に来てると、部下から聞いた。窓から見てみたら本当にいた。近づいていったら、お前から来るじゃないか。さすがスリだ」

「……石川は？」

「消えたよ。跡形もない」

心臓に、鈍い痛みを感じた。

「正確にいえば、歯だけ残ってる。身体は焼いて、骨も焼いて白い粉末になった。歯は東京湾のどっかに散らばってるだろう。あれを砕くのはなかなか面倒だから。どこかに死体が埋まってるんじゃない。文字通り、消えたんだ」

「……俺も消えるのか」

「伝言があっただろ。お前は残すと。利用価値があるし、面白そうだから。……あいつは、知り過ぎた。お前には何も言ってないだろうが、知り過ぎたから、抜けたいと言い出した。殺す前に、強盗の手伝いをさせただけだ」

身体に力が入らず、自分がどこを見ているのか、しばらくわからなかった。男のサングラスに隠れた目が、動かずに、真っ直ぐ自分を見ているように思えた。

「……なぜ、あれを」

「ん?」

「なぜあの強盗を、自分達だけでやらなかったんだ。どうして俺らを」

　僕がそう言うと、男は唇をぬぐった。このような男でも、唇をぬぐうのだとなぜか思った。

「万が一、計画に狂いが出て、警察が中国の強盗団と判断しなかった場合……死体が必要だった。強盗の犯人達の死体が。お前達をまた別の架空の強盗グループに仕立てて、俺達とは違う、別の組織の人間に動かされたように細工しながら。その時、自分達に近い人間を殺せば、どうしても俺に関係してしまう。俺までは辿りつかないが、まあまあ近いところまできてしまう。でもお前達が死んでも、警察は俺達が細工した方向でしか判断することができない。なぜだかわかるか?」

　僕は黙った。

「お前達に、身寄りがないからだよ。この世界の中で、お前達は孤独で、お前達が死んでも、気づく周囲の人間がいなかったからだよ。身元が判明するまで、長い長い時間がかかる。手がかりのない死体を目の前にした時、警察は、俺達がつくった架空の証拠にまず飛びつくだろう。あの時の俺には、そういうフリーの人間が必要だったんだ。まあもちろん、フリーなら俺から逃げられるかもしれない、そういう自由があるが」

「……あの時」僕の声は、やや震えた。「強盗が目的じゃなかったんだろ？　金や書類も必要だったろうけど、一番の目的は殺しで」

「……そうだ。でも少し違う」

男はその酒を飲みながら、笑みを浮かべ続けている。

「世間やマスコミから、強盗で死んだ、不幸だと思われる形で、殺す必要があった。でも、ごく一部の人間の中には、あの政治家が死ぬ、イコール、俺の仕業だ、と気づく者がいる。ここがポイントだ。あれに逆らうと殺される、だけじゃない。電車のホームで突き落とされるとか、射殺体で見つかるとか、疑惑の残る、そんな乱暴な殺され方じゃない。強盗に遭って死んだと周囲から完全に認知される、疑惑の欠片《かけら》も残らない、本当の事件として死ぬんだ。……これは恐怖だよ。あいつは中国マフィアを動かせるほど大きい、と思う人間もいれば、中国マフィアの仕業と思わせるほどの、犯罪のノウハウとシステムがあると思う人間もいる。……いずれにしろ、それは俺への恐怖に繋がる」

男はアルコールで唇を濡らしながら、頬の裏の肉を柔らかく撫でるように、口の中で舌を動かした。

「あの政治家は、ある利権とそれに関わる力の、裏の中枢の使いっぱしりの一人だった。存在が邪魔だったんだ。そしてあいつが死んだことで恐怖を感じ、俺達との取引を渋ってた人間達の全てが、取引に応じるようになった。もちろん、取引の場所では、その事件のことなど微塵《みじん》も出さない。上の許可が出たとか、やはり利益を優先するとか、もっともらしいことを言いながら。だが、その取引の多くにはある障害があり、でもその障害のいくつかは、あの時手に入れた書類で駆逐できることになっていた。そのことで何人かの人間が死ぬことになるのもわかっていたし、そいつらが死んだことで、さらに我々が動きやすくなることもわかっていた。こうなればああなり、ああなればそうなる。全てはパズルだ。あれで得た俺達の利益は、お前らに渡した報酬なんて紙屑に思えるものだよ。利益だけじゃない。力もだ。そしてあれは単なるサイドビジネスで、俺にとっては大したことですらない」

「なぜ俺を残した」

「殺す理由がない。言っただろ、お前は利用価値がある。俺の管理下にスリなんて二人いらない。お前が現れなかったら、新美は死んでなかったかもしれないな。まあ、全部俺の気分次第だが。……お前に、やってもらいたいことがある」

男はそう言い、僕の顔を見た。僕は、席をすぐ立てるように、足に力を入れようとした。

「……断る」

喉が圧迫され、息が苦しかった。男が息を静かに吸う気配を感じ、僕は立ち上がろうとした。

「……最近、仲良くしてる子供がいるな。あの母親とはもう寝たか？」

男のサングラスの奥から、目の輪郭がぼんやりと見えた。

「……脅すには、古典的じゃないか」

「古典的な脅しが一番効く」

男はそう言うと、声を出して笑った。

「新美も、相当な馬鹿だよ。そんな人生を選んだくせに、何かと繋がろうとする。馬鹿の極みだ。お前達は本当は、フリーでいればよかった。いいか。新美があの時強盗に参加する前に逃げなかったのは、お前がいたからだ」

「……新美が？」

「そうだ。強盗して二人で生きるか、二人共逃げて二人共死ぬかと要求した。一人だったら、あいつは死ぬ危険があっても、逃げることを考えただろう」

煙草に火をつけようとしたが、灰皿には、火のついた煙草が残されていた。男は、その煙草の煙をじっと見ていた。

「つまり、お前は俺の管理下にある。お前は断れない。……あの親子が無残に死ぬからだ。それが、お前の運命だ。……運命ってのは、強者と弱者の関係に似てると思わんか? 宗教に目を向けてみるといい。ヤーヴェに従ったイスラエル人達が、なぜヤーヴェを恐れたか。その神に、力があったからだよ。神を信じる人間は、多かれ少なかれ、神を恐れている。なぜなら、神に力があるからだ」

男はまた酒を飲んだ。

「もしあの神が、世界を創造した存在でなく、ただの、スーパーパワーを持った超人的な存在だとしたら。同じじゃないか。彼らは従い、儀式をし、そのスーパーパワーに自分達の繁栄《はんえい》を願ったはずだ。……一つ話をしてやろう。今日は機嫌がいい」

男が携帯電話を鳴らすと、ウエイターが再びさっきの酒と水を運んできた。僕の水はいつの間にかなくなり、グラスの表面が乾いていた。ウエイターは無表情のまま動き、同じように、男に頭を下げてドアから出て行った。フロアから、まだ男女が動く気配がした。

「昔、まだ奴隷制度《どれいせいど》があった頃のフランスに、ある貴族がいた」

男は酔っているようだったが、浅黒い顔に変化はなかった。僕に愉快そうに顔を向け、薄暗いソファにもたれながら、喋る度に手を動かした。

「その貴族の城の使用人として、十三歳の少年が売られてきた。……美しい少年だ。その貴族は人生に飽き、何か愉快なことを探していた。有り余る金を散財し、手に入るものは全て手に入れた。様々な女を毎日のように抱いたし、権力も、名声も、全てを手に入れた王のように君臨《くんりん》していた」

男は小さく息を吸った。

「貴族はその少年を見ながら、こいつの人生を、自分が完全に規定してやろうと思った。こいつの人生の進路、その喜びや悲しみ、そしてその死まで、自分が全て決めてやろうと。常にヤーヴェの管理下にあった、アブラハムやモーゼのようにだ。……貴族は一年かけて、その少年の人格と能力を観察した。こうすれば、こいつはこうなるだろうと大よその見当をつけた。紙を取り出し、幾日もかけて、貴族は少年のこれからの人生を記し始めた。運命のノートだ。そのノートの内容は、もう変更されない。そこに書かれている通りに、その少年は生きていくことになる」

部屋のオレンジの明かりが、男のサングラスに丸く映り続けていた。

「少年は十五歳で好意を寄せる少女に出会い、結ばれる前に女は遠くの領地に移動させられ、三流映画のように涙で別れることになる。その少女を少年に近づかせたのもその貴族だし、離れさせたのも、当然貴族だ。十八歳の時一日だけ農奴である両親に会いに行くことを許され、その日、一家は山賊に襲われる。当然、それも全て貴族が指示したことで、貴族のノートにあらかじめ書いてあったことだ。少年は目の前で、両親を惨殺された。この時、貴族は椅子に座りながらドキドキしていたそうだ。自分のしていることの恐ろしさにではない。雇った山賊が、少年を間違えて殺さないかを、心配していたんだ。……失意と怒りの中で、少年の表情からは、あどけなさが消える。そして貴族の私設の兵士団から、剣を覚えないかと言われる。奴隷が騎士になるのは無理だが戦場にいける。山賊狩りにも参加できる。少年は剣を覚える。当然、その兵士長も貴族の命令で動いている。少年は城の使用人をしながら、夜は剣の技術を学ぶ。少年に、一生消えない傷と生きがいができたわけだ。少年はヤーヴェに翻弄《ほんろう》されたあのヨブのように、なぜ自分をこうしたんだと神に訴えることはない。自分が貴族の管理下にあることなど、知らないからだ。貴族は少年の細かい出来事の多くも、あらかじめ記録していた。たとえば少年は同じ使用人の女に誘惑されセックスをしてしまい、執事から処分されそうになるが、貴族の恩赦《おんしゃ》で救われたりする。少年はそのことで、さらに貴族に忠誠を誓うことになる。その他、使用人としての失態や、軽い褒美《ほうび》をもらうなど、少年は平凡な毎日をノート通りに送る。だが二十三歳の時、少年は人生の絶頂を迎える。つまり、ノートのクライマックスだ。山賊狩りに参加し、自分の両親を殺した山賊に、対面することになる。兵士長から、とどめはお前がやれと命じられる。愉快だろう？　少年は泣きながら、山賊を殺す。その後少年は二十六歳の時奴隷の女と貴族の命令で結婚するが、そのあまりに人格の破綻した女奴隷との生活に倦怠《けんたい》を感じ、誘惑されるまま、その貴族の愛人と関係を結び、頻繁《ひんぱん》に隠れて会うようになる。当然、それも全て、あらかじめ書かれたノート通りに、貴族が指示したことだ。やがてその貴族の愛人に子供ができ、貴族は全てを知りながら、数ある子供の中で、この子を跡取りにしたいと何気なく少年に告げる。少年は悩み、恐怖する。貴族の愛人が、大勢の貴族が集まる晩餐《ばんさん》の席でそのことを、給仕をする少年もいるところで告白しそうになり、途中で思い留まる場面まである。貴族は愉快でならない。そして少年が三十歳になった時、貴族は少年を部屋に呼び出す」

男はそこで、言葉を止めた。軽い耳鳴りがし、天井で回るシーリングファンの影が気になった。男は携帯電話で何かを話し、すぐに切った。僕は煙草を吸い続けていたが、男は酒だけを飲んでいた。

「……少年は、貴族から紐で綴《と》じられた紙の束を渡された。少年がページを開くと、そこには、自分のこれまでの人生が書いてある。約十五年前に、書かれたものだ。それを見た時は、相当なショックだっただろう。最後、少年は愛人に手を出した罪で、それはもちろん貴族が仕込んだことだが、その罪で、貴族の目の前で殺されることになっていた。少年は座り込みながら、これまでの全てを整理することに、長い時間がかかっている。あらゆる感情で震えた少年が全てを理解し貴族を見上げた時、後ろにいた兵士が、少年の背中を刺す。……死ぬまでの間、少年が何を考えていたかわからない。だが、その貴族は、快楽に震えていたそうだ。女との喜びや富や名声では決して味わうことのできない、圧倒的な快楽で、貴族は笑うことも忘れた真剣な表情で、ただただ、何かを突き抜けたような真剣な表情で、その快楽を感じ続けた」

「……狂ってる」

僕は、初めて言葉を挟んだ。男は、相変わらず笑みを浮かべ続けていた。

「狂ってはいない。……その貴族は味わってるだけだ。人生から得られるものを。余すことなく」

「……お前が、考えた話だろう?」

僕がそう言うと、男は声を出して笑った。

「違うな。正確に言えば、あの強盗を計画した私の部下が、酔った席で即興《そっきょう》でつくったものだ」

「……お前をモデルに？」

「そうだ。飲み込みがいい。つまり、お前のこれからの人生は、私次第というわけだ」

　男は酒を飲み干した。

「私の頭の中に、お前の運命のノートがある。面白くて仕方ないな。他人の人生を動かすのは。さて、ここで一つ質問する。お前は運命を信じるか？」

「……わからない」

「一番つまらない答えだ。果たして少年の運命は、本当に貴族が全て握っていたのか。それとも貴族に握られることが、彼の運命だったのか」

　ドアがノックされ、男が返事をすると、スーツを着た細い男が入ってきた。アタッシェケースがテーブルに置かれ、細い男は頭を下げて出ていった。男はアタッシェケースを開け、中から写真と、いくつかの書類を出した。

「お前にはこれから、三つの小さい仕事をしてもらう。本当に、小さい小さい仕事だ。……だが、お前を利用することで、我々がやろうとしているある仕事が、随分とやりやすくなる。……まず、六日以内に、この男の携帯電話を取れ。取った携帯電話は、指定したマンションのポストに入れてもらう。こいつの家はセキュリティシステムが完全で、空き巣は難しく、事情があってまだ殺すこともできない。なぜ携帯電話かというと、こいつの交流関係を手っ取り早く、早急に知る必要が出てきたからだ。路上で襲って奪うことも可能だが、今回のケースでは、こいつが携帯電話を誰かに奪われたとは思わず、落としてしまったと考えている方が好ましい。二つ目は、七日以内に、今度はこっちの男から何か小さい持ち物を取れ。ライターがいい。正確に言えば、指紋のついた何か自然な物だ。ポイントは同じく、この男が何かを盗まれたと気づかないことで、ある死体の側に、その持ち物を置くことになっている。もちろん、こいつにその罪を被せるのが目的じゃない。警察にこいつを疑わせ、取りあえず逮捕させることで、あることが浮き彫りになるはずだ。こいつの部屋も空き巣で入るのは難しい。そして、ライターとかだけでなく、こいつの髪の毛も盗め。これは難しいがやってもらう。二、三本欲しい。もちろん切っては不自然だから、決して気づかれず、根本からだ。これもポストに入れろ」

僕は男が愉快そうに、遊びのように指す写真を、表情を変えないように眺めた。

「最後は、ある男から、書類を盗んでもらう。……十日やる。ここに写真はないが、後で用意する。部下が部屋に入ったが、それらしきものは見つからなかった。どうやら、持ち歩いてるらしい。この男は異常に神経質で臆病者だ。拳銃も持ってる。そしてその書類を、本人が少なくとも二日、なくしたと気づかないように盗め」

「無理だ」

「無理でもやれ。書類は封筒に入れられ、封がされてるから多分男は中身を知らない。封を開けると、これは価値が半減するはずだ。その書類に関わったある人物に作らせた、このダミーとすりかえろ。この会社の封筒を使い、秘密文書にはこうやって封印が押されているはずだ。だが確かでないから、すりかえる前に一応確認しろ。……これはポストでは困る。俺に直接渡せ」

「……失敗したら？」

「お前が死ぬ。理不尽《りふじん》と思うだろうが、俺に目をつけられるというのは、そういうことなんだよ。ははは、安心しろ、失敗してもあの親子は殺さない。緊張と絶対的な責任は人間の能力を最大限に引き上げるが、プレッシャーを与え過ぎると、逆に失敗することがある。それにできれば、余計な死体は出さない方がいい。……死体を残せば残すほど、たとえわずかでも、何かが発覚する確率が高くなる。新美は私達の中枢まで知ったから殺すしかなかった。私は意味のある死体しか出さない。お前だけでなく、大した利用価値のない立花を殺さなかったのもそういう理由だ。だが、引き受けなければ仕方ない。あの親子を殺す。私にとっても負担だが、これは筋だ」

　男は書類と写真をアタッシェケースに入れ、テーブルの上で僕の前に移動させた。僕はそれを、受け取るしかなかった。

「……他人の人生を、机の上で規定していく。他人の上にそうやって君臨することは、神に似てると思わんか。もし神がいるとしたら、この世界を最も味わってるのは神だ。俺は多くの他人の人生を動かしながら、時々、その人間と同化した気分になる。彼らが考え、感じたことが、自分の中に入ってくることがある。複数の人間の感情が、同時に侵入してくる状態だ。お前は、味わったことがないからわからんだろう。あらゆる快楽の中で、これが最上のものだ。いいか、よく聞け」

　男は少し、僕に近づいた。

「この人生において最も正しい生き方は、苦痛と喜びを使い分けることだ。全ては、この世界から与えられる刺激に過ぎない。そしてこの刺激は、自分の中で上手くブレンドすることで、全く異なる使い方ができるようになる。お前がもし悪に染まりたいなら、善を絶対に忘れないことだ。悶《もだ》え苦《くる》しむ女を見ながら、笑うのではつまらない。悶え苦しむ女を見ながら、気の毒に思い、可哀そうに思い、彼女の苦しみや彼女を育てた親などにまで想像力を働かせ、同情の涙を流しながら、もっと苦痛を与えるんだ。

たまらないぞ、その時の瞬間は！　世界の全てを味わえ。お前がもし今回の仕事に失敗したとしても、その失敗から来る感情を味わえ。死の恐怖を意識的に味わえ。それができた時、お前は、お前を超える。この世界を、異なる視線で眺めることができる。俺は人間を無残に殺したすぐ後に、昇ってくる朝日を美しいと思い、その辺の子供の笑顔を見て、何て可愛いんだと思える。それが孤児《こじ》なら援助するだろうし、突然殺すこともあるだろう。可哀そうにと思いながら！　神、運命にもし人格と感情があるのだとしたら、これは神や運命が感じるものに似てると思わんか？　善人や子供が理不尽に死んでいくこの世界で！」

　男はそこで、言葉を切った。男の声はアルコールで湿り、耳に停滞するようなしつこさがあった。男は、いつまでも笑みを浮かべ続けた。

「……では、幸運を祈る」

13

一人目は桐田《きりた》という四十二歳の男で、五反田のマンションに住み、写真では短髪で、仕立てのいいスーツを着ていた。金融ブローカーとして、暴力団と上場前の企業との間を行き来していた。銀行から融資を得られないベンチャー企業に、暴力団の金を仲介する形で提供した。企業が業績を上げ上場を果たせば、株価が上がり、大きな利益になる。こういう場合、融資を受けた企業も、その金が暴力団のものとは知らないことがあった。彼からは携帯電話を取るだけだったが、相手を指定されると、スリは難しかった。

僕は簡単に書かれたメモと写真を頭に入れ、桐田のマンションの前を通過した。近くに喫茶店などがあればその窓から見張るのだが、それらしい店はなく、外で立っているには不自然な、住宅街の中央だった。桐田の部屋のカーテンが動いたのを見、僕は下を向いて歩き出した。マンションから離れ、公園を見つけ錆びたベンチに座る。細いすべり台の側で、声を出さない親子が動いている。その子供の頭部が穴のあいた木材であると思い、目を留めたが、それは紙袋を頭から被っているだけだった。ふざけながら逃げる子供を、母親が追いかけていた。マンションの出口は横から見えたが、あまりにも遠く、確認するのが難しかった。

四時間が過ぎた頃、それらしい人間が出てきた。クリーム色のコートを着、ショルダーケースを持った男だったが、僕がいる方とは反対へ歩き、顔が見えなかった。僕は足早に、その男の後を追った。男は海老のように身体を曲げ、奇妙に長い指を、なぜか開きながら歩いている。マンションの出口近くまできた時、またマンションの自動ドアが開き、男が出てきた。黒いコートに、黒いビジネスバッグを持っていた。これが桐田だと思い、僕は不意をつかれたが、煙草を探す振りをしポケットに手を入れ、下を向きながらすれ違った。取られたことに気づかず、落としたと思わせる形で取れと、理不尽な要求をされていた。僕は距離を保ち、桐田の後を追った。

彼はドラッグ・ストアに入り、駅に行き、チェーン店のカフェで太った男に会った。彼の財布はスーツの左の内ポケットにあったが、携帯電話は、ビジネスバッグの中だった。僕は店内で取るのは難しいと思い、出てくるのを待った。電車内で取ることを考えたが、男は店を出ると太った男と別れ、タクシーに乗った。僕は続いてタクシーに乗り、前のタクシーを追えと運転手に言った。運転手はまだ若く、僕は車両を間に挟めとか、なるべく車線をずらせとか、しつこく指示をしなければならなかった。

男は赤坂で降り、地下のバーに入った。ショーのステージもある広い店内は酷く混み、騒がしく、僕は都合がいいと思いながらカウンターに座った。軽いカクテルを頼み、色が落ち木目がむき出しになったテーブルに、両腕を置いた。

一時間もすると、彼は少し酔いが回ったのか、声が大きくなり、身振りが増え、爬《は》虫類《ちゅうるい》のような口を開け笑った。相手はまだ若い大学生風の男で、書類をテーブルに広げていたが、桐田はほとんど見ていなかった。

桐田はビジネスバッグから携帯電話を取り出し、どこかにかけると、また床に置いたバッグにしまった。懐に入れるのを願ったが、上手くいかない。桐田の酔いが回った様子から、今日なら携帯電話をなくしたと思いやすく、それに、彼がいつまた都合よく出かけるかもわからないと思った。日にちの指定も、彼が最も早いものだった。ウエイトレスが桐田のテーブルに近づいた時、僕は席を立った。

桐田が座るテーブルの向こうに、トイレがあった。僕はそこへ向かう振りをし、ウエイトレスの動きに合わせ、速度を変える。彼女が桐田のテーブルに新しいグラスを置き、頭を下げ歩き出した瞬間、僕はすれ違い様に足をかけた。女は倒れ、トレイからグラスが落ち、派手に割れる。僕もバランスを崩す振りをして倒れたが、視線の多くは、派手な音と同時に、そのまま短いスカートで倒れる女の身体に向けられていた。桐田を確認すると、彼は驚きながら、自分の微かに濡れた肩に手をやり、女に視線を向けている。僕は座り込みながら、コートをスカートのように使い、男のバッグを覆って隠した。ポケットにあけた穴から左手を入れ、そのまま、コートの中でバッグのチャックを開ける。相手の若い男が、立ち上がりながら桐田に声をかけようとする。女は起き上がろうとした時、まくれるスカートに咄嗟に手をやり、謝るためか口を開く。バッグは完全にコートの中に隠れ、あらゆる視線を遮断している。僕は左手をコート越しのバッグの中に入れ、軽く漁《あさ》り、携帯電話のストラップに指をかけ、袖に入れた。桐田はウエイトレスに手を貸そうと、立ち上がろうとしている。僕はバッグから手を引き抜きながら、立ち上がるため足に力を入れる。喉へ抜けるような暖かな温度を感じた時、袖に入れたその携帯電話が、激しく鳴った。

身体が、一瞬硬直したように動かなくなった。袖の中で携帯電話の着信音が響き、桐田が、ウエイトレスから視線をこちらに向けようとしている。僕は携帯電話をバッグの中に落とし、神経を集中し、コートの中でバッグのチャックを戻した。音の強弱があったが、桐田は気づいていないようだった。ウエイトレスがすみませんと桐田と僕に謝り、僕は鼓動を速くしながら立ち上がり、同じように謝った。だが、桐田は僕らを見ずバッグのチャックを開け、鳴り続ける携帯電話に出た。立ち去ろうと思ったが、桐田の会話を聞く必要を感じ、グラスを拾うウエイトレスの手伝いをした。「木、7、渋谷、ダイジング」桐田が無言で書き込むメモを、急いで目で追った。僕はもう一度頭を下げ、会計を済ませた。これだけ近くで顔を見られ、さらに尾行するのは難しかった。

タクシーを拾い、自分のアパートに向かった。煙草を吸っていいかと聞くと、運転手は今日はこれで終わりだからと言い、小さく窓を開けた。僕は煙草に火をつけ、過ぎていく繁華街のネオンの連なりを見ていた。なかなか落ち着くことができず、木崎の顔が浮かび、石川の顔が浮かび、佐江子の顔が浮かんだ。佐江子が今の僕を見たら、何を言うだろう。落ちぶれながら、人に使われ、言いなりになる自分を、しかし彼女は軽蔑《けいべつ》しないだろうと思った。彼女なら、もう死ぬかもしれないねと笑い、服を脱ぎながら、同じ場所まで降りてくる気がした。

タクシーを降りアパートに戻ると、あの子供がドアの前で座りながら寝ていた。長ズボンをはいていたが、灰色のトレーナーで、布地が薄かった。彼の手足を見ながら、生まれた場所により彼の生活は規定されていることを、改めて感じたように思えた。その押しつけられたような状況の中で、彼は力を入れて動き続けていた。この寒さでは死ぬと思い、軽く足でふれると、子供は目を開いた。足でやられたせいか、子供は僕を一瞬睨む。だが、僕が何かを言う前に、今日泊めてくれと小さく言った。

「……無理だ。帰れ」

「何で」

子供の吐く息は、弱く白かった。

「母親が探しに来るだろ、警察沙汰になる」

「ならないよ」

「ん?」

「追い出したがってるから」

子供は立ち上がり、手のひらについた砂やゴミを小さく払った。子供の肌は汚れ、靴底がほとんど残っていない。部屋に入れようとしたが、ヤカンも食器もなく、コンビニエンス・ストアに行くことにした。僕が歩き出すと、子供はついてきた。

「……あいつが、部屋にずっといるようになって、僕が邪魔なんだ」

「そう言われたのか？」

「いつも言われてるよ。……あいつ、お母さんと、何度もしようとするから」

遠くで、スピードを上げていく、車のエンジン音が聞こえた。

「嫉妬してるんだ。お母さんを。……何度もだから、僕はずっと部屋を出てなきゃいけない。終わると、酔っ払って僕を殴るし」

僕は、子供の肩に手を置いていた。

「そいつは……母親の仕事を？」

「知ってるよ。自分がやらせてるくせに、嫉妬してるんだ」

僕は息が詰まった。

「家を出たいか」

「出たい」

子供の目は、奇妙な輝きを見せた。

「家出するけど、子供じゃ捕まるんだ。捕まる度に叱られるし、あいつがいたら殴られるし、だから」

「……俺は無理だ」

「何で？」

僕は肩から手を離したが、このタイミングで、離すべきではなかったと思った。

「俺は、やばい仕事をしてる。いつ死ぬかわからない。……お前は、もうこれ以上、人生を間違えた大人に巻き込まれる必要はない」

「でも」

「……施設には？」

僕が子供の顔を見ると、子供は考えるような表情をした。

「……入れるの？」

「手続きをすれば。……でも、何だかんだ、母親と離れたくないだろ？」

「僕は、もうそんなに幼くはないよ」

子供が、僕を見上げた。何かを放出するように、反抗して開く目つきが、昔の自分に似ていた。

「話をしてみる。……部屋は開けとくから、これから寒かったら勝手に入れ」

そのままコンビニエンス・ストアに入り、温かいミルクティーと、油分の多い弁当と牛乳を買った。

14

二人目は、七階建てのマンションに住む、二十八歳の男だった。男が何をしているか不明だったが、身なりや表情から、それほど黒く重要な何かに、携《たずさ》わる男に見えなかった。このマンションも住宅地の中にあり、付近で立ち続けるには無理があった。僕は近くのカフェに入り、窓から通行人を見続けた。彼のマンションから駅に行くには、この目の前の道を通るはずだった。男に車はなく、自転車もなかった。二時間ほど待ったが、男は姿を現さなかった。カフェから出て、その目の前の道をゆっくり歩き、再びマンションに向かいまたカフェに戻った。

男がマンションから出たのは、見張ってから二日目の昼だった。タクシーで男のマンションまで行き、しばらく待ったが出てくる気配がなく、カフェに行き注文を済ませてすぐ、歩いてくる男の姿を見た。僕は店を出、男の後ろをつけた。駅に入り、改札を抜け、ホームに出る。ある死体の脇に彼のライターや髪の毛を残すということは、彼に前科があるのを意味した。だが、彼は写真よりさらに童顔で顔立ちも大人しく、実際に見てもそのような印象はなかった。やってきた電車は、都合よく混んでいる。車内が一番いいと思い、彼の真後ろに立った。

男は黒い髪を、軽くワックスで固めていた。肩にも首筋にも抜けた毛はなく、直接抜くしかなかった。車内は暖房が効き過ぎ、男は汗をかいている。電車が止まりかけ、彼が降りようと前の乗客を胸で押した時、僕は彼の背中に身体をつけた。人差し指と中指の先に、部屋にあった爪切りのヤスリの破片を、適当に貼り付けていた。ドアが開き、冷たい空気が入ってくる。彼が電車から足を出した時、真後ろでバランスを崩す振りをして手を上げ、つむじの辺りの髪を中指と人差し指で挟み、空中をかくように引く。抜けたわずかな感触があり、彼は何気なくというように軽く後ろを振り返ったが、僕は脇をすり抜け、彼の前にいた。あとは、ライターを取るだけだった。

男は駅の階段へ歩こうとしたが、不意に方向を変えた。山手線のホームの、喫煙スペースに向かっていると気づいた。彼は煙草を出したが、ライターを探し続けている。なくしたなら厄介だと感じたが、思い直し、僕は手袋をつけ、コートの中で自分の百円ライターを何度か拭き、彼の真横で煙草に火をつけた。まだ探そうとし、諦めかけた彼に、無言でライターを出す。彼は軽く頭を下げ、そのライターで火をつける。指紋が不自然になる可能性を感じ、返されるライターを取り損ね、地面に落とし彼に拾わせるようにした。ライターをもう一度受け取り、全てが終わった。僕はやってきた電車に乗り、その場から離れた。

美容院に行き、髪を切り茶色く染め、度の入っていないメガネをかけた。前に桐田に会った日はいつも着る黒いコートだったが、白いダウンジャケットにジーンズをはき、印象を変えた。夕方の六時になり、僕は渋谷に向かった。今から桐田が、ダイジングというバーに姿を見せるはずだった。一瞬見ただけの自分を覚えていないと思ったが、念のため、姿を変える必要があった。

タクシーに乗り、渋谷の西武前の信号で停止した時、桐田の姿を見た。前と同じ黒いコートを着、同じビジネスバッグを持っている。僕はタクシーを降り、桐田の後をつけた。狭い道には人が溢れ、桐田が足を止める度に近づいた。彼がバーに着く前に、取れるかもしれない。信号で桐田が止まり、僕は真後ろについたが、隣の女がなぜか桐田を見続け、動くことができなかった。信号が青になり、僕はむせるような他人の集団の中で、常に桐田の後ろについた。

次の信号で取ると決めた時、桐田が突然振り返った。緊張したが、彼は気づいたわけでなく、視線を逸らした僕の横を通り過ぎていく。間隔をあけて追うと、彼はパルコに入った。桐田は店内を見渡し、エスカレーターに向かった。エスカレーターは、その並ぶ人間の高さに差ができるため、手持ちのバッグなどから何かを取るのに適していた。僕は彼の真後ろに立ち、動いていくエスカレーターの上で神経を集中した。横に鏡があるため、それが途切れるのを待つ。後ろの男は、さらに後ろの女と喋り、こちらを向いていない。自分が最適な場所に、最適のタイミングでいるのだと思った。身体の中に温度を感じ、心地良く痺れていく両腕を意識し続けた。鏡から桐田の顔が途切れた瞬間、左手で彼が手に持つビジネスバッグを下からつかみ、揺れないように固定しながら、右手でチャックを開け、中から携帯電話を引き抜いて袖に入れ、チャックを閉じ終えて左手を離す。桐田はさらに上へ続くエスカレーターに乗り、上っていく彼を横目で確認しながら、僕は左に逸れた。フロアに出、階段を探して降りる。身体の力が抜け、染み入るような震えを感じながら、携帯電話をポケットに入れ直した。僕は人間で溢れる渋谷の街に出、前から歩いてくる裕福な身なりの中年の男の懐に手を入れ、財布を袖に入れた。男のネクタイピンに反射した光の残像が、目の中で緑となりいつまでも残った。タクシーを拾い、中で男の財布を確認した。十二万円と、幾つかのカード、クラブの女の名刺が数枚入っている。タクシーの狭い空間は、自分が街や人間から隔離され、逃げることができたといつも実感させた。

タクシーに乗り続け、恵比寿に向かった。指定されたマンションは、比較的新しく、清潔だった。この702号室のポストに入れれば、二つの役割が終わることになる。言われた通り開けると、中に白い封筒があり、入れ替えに携帯電話と、ライターと髪の毛を入れた袋を置いた。取りにくる男を遠くから確認しようと思ったが、マンションから離れタクシーをまた拾い、車内で封筒を開けた。書類を盗む男の写真と、住所などの簡単なメモが入っているはずだった。写真を手に取りながら、胸がざわついた。目が落ち窪み、頬がこけ、髪の毛も薄い四十代くらいの男だった。僕はこの顔を見ながら、関わらない方がいいと思った。これまでのこういう感覚は、不快に思うほど当たることが多い。落ち着くため煙草を吸おうとしたが、禁煙と言われタクシーを降りた。

煙草に火をつけ、見たことのない道を歩いた。外灯も少ない、古びたアパートが並ぶ住宅街だった。不意に携帯電話が鳴り、僕は意味もなく、周囲を見渡した。この番号を知っているのは、佐江子と石川だけのはずだった。非通知の画面を見ながら出ると、相手は知らない男だった。

――早いっつうか、あと一人だ。ポストの封筒取ったよな。

男の声は高く硬さがあり、不快だった。

「……誰だよ」

――大体わかるだろ。最後の、米沢《よねざわ》という奴、明日二十時に新宿に出る。そこで取れ。

「……失敗したら？」

――次の火曜までに取れ。あと五日。でもお前のおかげで、俺の仕事も大分楽だ。

……無理ならお前死ぬらしいな。でも逃げるなよ。

犬を散歩させる金髪の若い女が、僕を訝しげに見ている。

「……木崎は横にいるのか？」

――木崎さん？　いない。どこにいるか知らんし。

「あいつの目的は何だよ」

僕がそう言うと、相手は気だるく息を吐いた。

「……この書類やライターのことじゃない」

――どうでもいいだろ。

受話器の遠くから微かに女の笑い声が聞こえ、空気がこもる雑音が徐々に大きくなり、電話は切れた。電信柱を執拗に嗅ぐ太った犬を待ちながら、女はなおも、こちらを見ている。僕が見返すと、女は何かを犬に言い、無理に歩き出した。辺りは暗かった。あるいはさっきの女は、僕ではなく、僕のすぐ後ろを見ていたのかもしれない。

15

米沢というその男は、写真では薄汚れた黒のコートを着ていたが、住んでいるマンションはフロントがあるほど大きく、入り込むのは容易でなかった。どのような仕事をしているか不明だったが、拳銃を持ち歩いているということは、それなりの生き方をしているのだろう。目が落ち窪んだ彼の写真を見ながら、人を殺しているか、それに近い、何かの下を潜っているように感じた。僕はレンタカーを借り、距離を置き、駐車場でマンションの出口を見た。警察に声をかけられる可能性も高かったが、何かを見張るには、やはり車が一番いい。マンションの前にタクシーが来ると予想したが、米沢はマンションから出ると歩き出した。彼は軽く足を引きずるように、跳ねるように動いた。周囲をうろうろと見渡し、正面から歩いてくる子供をなぜか睨んだ。僕は車から降り、距離を長く取りながら後をつけた。金を使わない男がこのマンションにいるということは、狙われる危険があるのだと思った。駅に入り、長い時間をかけ切符を買い、周囲の人間に目を向けた後、肌を露出する女を凝視し、睨みつけたまま動かなくなった。僕は、彼との距離を広げた。電車に乗るまでは、近づくことはできそうになかった。

米沢はホームに着くと、爪を立てて首筋を何度もかき、近くに立ったコートの女に視線を向け始めた。髪は奇妙に撫で付けられ、写真にはなかった頰の染みがあり、靴が酷く汚れている。電車がホームに来たが、車内は混んでいない。彼から距離を置き、新聞を広げた。米沢は座らず、放心したように隅に立った。

彼の財布は右の前ポケットにきつく入れられていたが、バッグなどはなく、封筒がどこかわからなかった。コートの内ポケットかと思ったが、今は取ることはできそうになかった。だが、車内は徐々に混み始め、僕は意識を集中した。車内で席を立ち、乗客の間を縫うように動き、ドアの前に立つ。池袋で乗客は一斉に降りたが、それ以上の数が乗り込み、車内は動くことも難しくなった。新宿が近づくアナウンスが流れ、ドアが開くと、乗客達が動いた。そのきつく密着し合う乗客の流れで米沢に集中し、僕は彼と身体が密着した時、彼のコートのボタンを外し中に手を入れた。米沢の吐く息が、頰に不愉快に当たる。封筒のような感触を指先に感じ、取れると思いさらに指を伸ばした時、内ポケットの入り口が、塞がれているのに気づいた。ボタンやチャックではなく、それは確かに、縫《ぬ》われていた。僕は心臓に鈍い痛みを感じ、咄嗟に手を引き、もう一度電車に乗り込む振りをしてまた彼に密着し、人の流れの中で彼のボタンをとめた。周囲の人間が、激しく動き続けている。米沢はホームに降り、ドアが閉まる直前、僕も降りた。鼓動が、なかなか治まらなかった。コートに縫い込まれた封筒と手持ちの封筒をすりかえるのは不可能で、仮に縫い目を破り封筒を取るだけにしたとしても、それが二日の間気づかれないなど、あるわけがなかった。ゆっくり歩く米沢の後をつけたが、何をどうすればいいか、わからなかった。服ごとすりかえるとしても、あの古びたコートと同じものを購入するのは無理で、それが仮にできたとしても、あらゆる箇所がすり切れたものを再現するのは難しく、神経質な彼が、すりかわった服に違和感を覚えないとは思えなかった。

米沢は東口から出ると、歌舞伎町に向かった。身体を揺らすように歩き周囲を見渡し、何かに躓《つまず》いてバランスを崩し、またしばらく女を睨んだ後、灰色の雑居ビルに入っていった。彼が出てくるまで待ったが、出てきたとしても、今は何もできない。木崎に会おうと考えたが、彼の居場所を知らなかった。恵比寿のマンションが浮かび、あのポストの番号の部屋に、行こうと思った。タクシーを拾い、マンションに着くまで、石川や、佐江子の顔が浮かび続けた。マンションに着きエレベーターに乗り、その部屋のチャイムを押した。沈黙の後、インターホンに、男の声がする。自分の名前を名乗ると、ドアが開いた。出てきた男は陰鬱《いんうつ》に僕の顔を眺め、部屋の中に戻った。男は、昨日電話をしてきた男とは、別の人間のようだった。グレーの絨毯《じゅうたん》の上に机とソファがあり、昔石川がいた事務所と、内装が似ていた。

「……なんだ」

男の声は、濁っていた。僕は、彼の正面に立った。

「……米沢の封筒は、コートに縫い付けてある。気づかれずに取るのは無理だ」

「……知らねえよ」

「木崎と話したい」

「無理だ」

男は、面倒臭そうに僕を眺め、机の椅子に座り、テレビをつけた。テレビでは水着をつけた女が、何かを追うように走っている。

「……俺が失敗したら、お前達も困るだろ？　木崎と話をさせてくれ。取り次がないと、お前の責任になるかもしれない。それで無理なら帰る」

男はテレビを見ながら何かを呟き、僕に視線を向けないまま受話器を取った。何かを小さく喋ると、男は受話器から耳を離し、テレビを消し、息を吐いた。競馬の新聞があり、菓子が散乱している。受話器を渡され、しばらく待つと、見知らぬ男が出た。僕が木崎と喋りたいと言うと、男は無理だと言ったが、沈黙があり、木崎が出た。五分だ、と彼は言った。それは確かに木崎だったが、前とは別の人間と思えるほど、声がさらに低かった。

「……米沢の封筒は、コートに縫い込まれてる。すりかえるのは無理だ。取るだけじゃ駄目か」

少しの沈黙があり、やがて木崎は笑った。

――……運が悪いな。残念だ。

「……何が？」

――無理なら、お前が死ぬだけだ。そういう約束だったしな。まあ、あの親子は見逃してやる。

「……俺が失敗したら、困るんじゃないのか」

――お前がそれほど、命に執着するとは思わなかった。

木崎はそう言うと、また笑い声を上げた。耳に息がかかると思えるほど、受話器と彼の口は近く、音が割れた。

——別に困らんよ、まあ、また三日後に新宿に出るらしいから、その時もう一度やるんだな。お前が失敗したら、米沢を殺して封筒を取るだけだ。殺さない方が利用価値があったが、仕方ない。それだけだ。

「でも」

——お前が失敗したら、お前は死ぬはずだった。そういう約束だ。決めたことは変えられない。運命というのは無情だな。酷い人生だよお前は。色々調べてみたが。

僕は、息が詰まった。

——……そんなに深刻に考えるな。これまでに、歴史上何百億人という人間が死んでる。お前はその中の一人になるだけだ。全ては遊びだよ。人生を深刻に考えるな。

僕は何かを言おうとしたが、声が出なかった。

——言っただろ？　俺の頭の中に、お前の運命がある。たまらないな、こういうのは。とにかく、あと四日やる。残念だが仕方ない。お前のような人間の最後は、大抵そんなもんだ。……いいか、よく聞け。お前が失敗して死のうが成功しようが、俺にとっては大したことじゃない。決めたことを俺は変えないから、失敗したら殺す。ただそれだけだ。お前のように動いている人間が、俺の下には何人もいる。お前はその中の一人に過ぎない。俺の中に入ってくる、あらゆる感情の欠片に過ぎない。上位にいる人間の些細《ささい》なことが、下位の人間の致命傷になる。世界の構造だ。そして何より——

木崎が、小さく息を吸った。

——こっち側に、要求などするな。質問もだ。……俺の考えが理解できないか？ でもそれは、そういうものだからだ。世界は理不尽に溢れている。世界中で、生まれてすぐ飢えて死ぬ子供が大勢いるだろ。大地の上でバタバタと。そういうことだよ。

木崎がそう言うと、電話は切れた。

新宿に戻り、米沢が消えた雑居ビルに戻ったが、彼がまだいるとは思えず、いたとしても何もできそうになかった。そのまま繁華街を抜け、ホテル街を抜け、マンションが並ぶ、どこかわからない住宅地に出た。深夜だが、マンションの窓には、明かりが目立った。明日が休みということで、彼らは遅くまで起きているのだろう。窓の明かりは柔らかく、暗闇の中でぼやけ、僕はその数を見上げながら、何かをしたいと思った。コートの内ポケットに違和感があり、取り出すと、見知らぬ財布と、銀のジッポライターが入っていた。財布の中には七万九千円と様々なクレジットカード、自動車の免許証とゴルフの会員証があった。視界が狭くなり、膨れた犬が僕に視線を向け、警戒するように消えた。前から歩いてくるレインコートの男を見ながら、雨など降っていないと思い、もう一度目を向けると壁に大きな染みがあり、しかしそれは人間の形をしていなかった。左に折れる細い路地に、小さい店の明かりを見た。僕は財布をまたコートにしまい、ジッポライターを倒れていた自転車のカゴに入れた。店は小さく、微かにライトアップされた看板は黒く変色し、名前もわからなかった。

中に入ると、四つのカウンター席と、二つの小さいテーブルがあった。僕を見ようとしない薄汚れたマスターの男に、ウイスキーを注文しテーブルに座った。カウンターには、常連らしき、酔いつぶれた会社員風の男がいた。男はカウンターに額をつけ、そのまま眠っていた。

店内の小さいスピーカーからクラシックが流れ、マスターの男はまるでそれを聴くことだけが目的であるように、動きが散漫だった。カウンターの脇に雑種の犬が繋がれ、床に寝そべりながら、目だけを開いている。テーブルにロックのウイスキーのグラスを置かれたが、男は僕を見ることもなかった。店内をぼんやり眺めながら、流行《はや》るわけがない、と思った。

すぐウイスキーを飲み干し、また注文すると、男はボトルと氷を置いてカウンターに戻った。当然のことながら、飲み過ぎるのを止める石川も、もっと飲めと煽《あお》る佐江子もなかった。酔いが回るのを感じながら、目の前のグラスがぼやけ、視界の全てがぼやけていくのをただ見ていた。

店内には音楽を聴き続けるマスターの男と、酔いつぶれたスーツの男と、退屈を持て余し、しかし繋がれていることに抵抗も見せない雑種の犬しかいなかった。僕は、自分が死ぬことについて思い、これまでの自分が何だったのかを、考えた。僕は指を伸ばしながら、あらゆるものに背を向け、集団を拒否し、健全さと明るさを拒否した。自分の周囲を壁で囲いながら、人生に生じる暗がりの隙間に、入り込むように生きた。しかし、僕はなぜか、それでもしばらくはここにいたいと思っていた。マスターの男はカウンター内の椅子に腰掛け、そのまま目を閉じている。僕は音楽はわからなかったので、ただそれを聴き続ける男のことを見ていた。自分の人生において、気に入らないものが多かったが、消えてほしくないものがあり、消えてほしくない人間がいたことを思った。しかし、消えてほしくない人間ほど、最後は悲痛に、長くは生きていなかった。自分の命が何だったのかを考え、ここで終わることについて、その瞬間を思った。

スーツの男は眠り続け、マスターの男はいつまでも動かなかった。僕はその光景を、できれば自分が眠るまで見ていようと思った。

16

小さい頃、いつも遠くに、塔があった。

長屋や低いアパートが並ぶ汚れた路地から、見上げると、その塔はいつもぼんやりと見えた。霧に覆われ、輪郭が曖昧な、古い白昼夢のような塔だった。どこかの外国のもののように、厳粛《げんしゅく》で、先端が見えないほど高く、どのように歩いても決して辿り着けないと思えるほど、その塔は遠く、美しかった。

店に入り、おにぎりを小さいポケットに入れた。他人のものは、自分の手の中で、異物として重たかった。だが僕はその行為に、罪も悪も感じなかった。成長を要求する身体は多くの食料を求め、それを手にして食べることに、抵抗を感じるなど不可解だと思った。他人のルールは、他人がつくったものに過ぎなかった。僕はその重くなったおにぎりを口に入れ、力を入れ、押し込むように飲んだ。そして電信柱の連なりの向こう、汚れた町並みを通り越し、小高い丘にある木々のさらに向こう、そのぼやけた領域に立つ、高い塔を眺め続けていた。いつか、あの塔が、自分に何かを言うかもしれない。半ズボンから伸びた自分の太ももをこすりながら、腹に溜まっていく他人の異物を、静かに意識し続けていた。

僕と同じ背の高さの子供の集団が、はしゃぐ声が聞こえた。一人の髪の長い子供が、小さな自動車の玩具を手にしていた。外国で買った、子供の声は大きく、甲高く響いた。自動車はキラキラと光り、造りが精巧で、子供が手にした小さなコントローラーで、スピードを上げて走った。

僕はそれを見ながら、胸がざわついていた。自分で手に入れたものではない、与えられたものを誇《ほこ》る彼を、醜い存在なのだと思った。その醜さを消すには、あの自動車がなくなればいいと思った。僕はその自動車を盗んだ。彼らは僕の存在を知らなかったため、それはあまりにも、簡単に盗むことができた。外国のものは、僕になぜかあの塔を連想させた。

一人で、石や砂ばかりの路地の上で、僕はその自動車を静かに動かした。だが、それはあの時に見たほど、輝くことがなかった。僕は違和感を覚え、苦しくなり、その自動車のスイッチを切った。遠くに置き、また恐る恐るスイッチを入れ、動かした時に感じる違和感に、また手を止めて遠くに置いた。僕は、その自動車を川の泥濘《ぬかるみ》の中に捨てた。遥か遠くには、塔があった。塔は、ただ自分の遠くにあり、何も言うことがないまま、霧に隠れ高く立ち続けていた。

あの古びた塔が、なぜ町の遠くにいつもあったのか。僕はそのことを、考えたことがなかった。それはもしかしたら、自分が生まれた時にはもう、どこかに立っていたのではないかと思えた。世界は硬く、強固だった。あらゆる時間は、あらゆるものを固定しながら、しかるべき速度で流れ、僕の背中を押し、僕を少しずつどこかに移動させていくように思えた。だが、他人の所有物に手を伸ばす時、その緊張の中で、自分が自由になれるような気がした。自分の周囲を流れるあらゆるものから、強固な世界から、自分が少しだけ外れることができるような、そんな感覚を抱いた。

小学校に入り、学級委員に選ばれた子供が、光る時計を手にしていた。「父親の」彼は、隠すようにしながら周囲に見せた。「これ、水に入れても動くんだ」子供達は、水に浸ってもなおも動く、その時計をいつまでも見続けていた。僕は盗んだ。

なぜあの時、僕は皆が見ている前で、時計を下に落としたのか。素早く手を動かし、時計が半分ほどポケットに入った時点で、自分の行為のほとんどは終わっていたはずだった。時計は僕の小さいポケットから滑り、大きな音を立てながら、強く重く、下に落ちた。皆が、床に落ちる時計に、衝撃でそのまま動かなくなる時計に目を向け、その目の全てが、やがて僕の顔へと動いた。「泥棒だ」学級委員が、声を上げた。「壊れてるじゃないか。高いんだぞ。服も汚れてるくせに」

教室の騒ぐ声が、大きくなった。いくつかの腕が伸び、僕の腕や足をつかみ、揺さぶられ、僕は教室の床に倒れた。「泥棒だ」「泥棒だ」騒ぎを聞いた若い教師が、倒れている僕に近づき腕をつかんだ。若い教師は、泥棒という子供達の言葉に、混乱しているようだった。「謝りなさい」教師の声も、大きかった。「本当に盗んだのなら、謝りなさい」

それは、思えば解放だったのかもしれなかった。自分の行為が、塔を除けば初めて周囲に、世界にさらされた瞬間だったのだから。だが、僕はそのような解放を、感じることがなかった。皆に押さえつけられ、恥の中で、僕は染み入るような、快楽を感じていた。光が目に入って仕方ないなら、それとは反対へ降りていけばいい。僕はにやけてくる顔を隠すこともなく、抵抗もせず、押さえられたまま倒れていた。教室の窓から、塔が見えた。今こそ、あの塔は、僕に何かを言うだろうと思った。あの塔は、長く長く、立ち続けていたのだから。だが、塔はなおも、美しく遠くに立つだけだった。恥の中で快楽を感じた僕を、肯定も、否定もすることなく。僕はそのまま、目を閉じた。

　僕は、あの塔が見えなくなるまで、何かを盗もうと思った。低く低く、影に影に。ものを盗めば盗むほど、自分はあの塔から遠ざかるのだと思った。やがて、ものを手に入れる緊張が、さらに僕を惹きつけるようになった。他人のものに、自分の指がふれる緊張と、その後に訪れる、暖かで確かな温度に。それはあらゆる価値を否定し、あらゆる縛りを虐げる行為だった。必要なものを盗み、必要でないものを盗み、必要でないものは、盗んだ後に捨てた。その入ってはいけない領域に伸びた指、その指の先端の皮膚に走る、違和感など消えうせる快楽を——。僕の行為がある一線を超えたのか、ただ僕の年齢によるものなのか、いつの間にか、あの塔は消えた。

17

子供の母親に電話すると、ホテルがいいと言われ、タクシーに乗った。パチンコ店の前で待ち合わせ、昼間のホテル街を歩き適当に入る。部屋に着くとすぐ、女はやっぱりまた呼んだと服を脱ぎ始めた。僕は何かを言おうとしたが、彼女をベッドに入れた。怒らせると話が難しいというのもあったが、これで死ぬのだとしたら、最後に女にふれたいという惨めな思いもあった。女は僕の上に乗り、爪を立て、錠剤を飲んだせいか一度でやめなかった。

女はベッドを出ると裸のまま窓のカーテンを少し開け、向こうに新しくショッピングモールができたと言い、頬をかき、なぜか僕に見せようとした。床には、ひしゃげた死体のように、女が脱いだ服が散乱していた。カーテンから、細く太陽の光が漏れている。僕は、少し身体を起こした。

「そういえば」このタイミングでいいか迷ったが、僕はそう声を出した。

「子供を預ける気は?」

振り返りかけた彼女の顔が、一瞬止まった。

「あなたに?」

そう言った彼女は、なぜか口元が緩んでいた。

「いや、施設」

「……できるの?」

怒りを見せるだろうと思ったが、女はカーテンを閉め、またベッドに戻ってきた。

「できる。手続きがいるけど」

「……嫌だ」

女は突然言い、僕から視線を逸らし煙草に火をつけた。手続きという行為が、嫌なのだろうと思った。

「……俺は、しばらく消えなきゃいけない。もうあの子供にも会えない。お前とあの子供は、離れて暮らしたほうがいい。いないほうが男と上手くやれるだろ。子供を預けるなら、五十万やる。どうだ」

「……は?」

女が、おもむろに僕に視線を向けた。その目は唇と同じように微かに濡れ、惨めな光沢があった。僕は、静かに欲情していく自分に気づき、目を逸らした。

「最近彼氏が、グーで殴るんだ。死なないだろうけど、虐待とか？　ニュースで見るじゃん。ああなるのやだなって。警察来るでしょう？　……ていうか、本当に？」

「俺は金はたくさんある。大した額じゃない。この児童相談所に連絡して、引き取ってもらえ。もし無理なら、ここに連絡しろ。この児童養護施設はちゃんとしてる。でも金だけ取って、ちゃんとした理由もないのに預けないなら、ちょっと面倒になる。俺は消えるけど、俺の仲間に頼んである。ヤクザだ。わかるか？」

女は僕の話を聞いているのか、突然僕の唇を舐めた。

「親とかいたら子供預けるんだけど、無理だから、どうしようかと思ってて。そうなんだ、そういうところに預けられるんだ。知らなかった。取りあえずここに連絡すればいいんでしょ？　そんだけあれば旅行いけるじゃん」

女はそう言い、僕が渡したメモを財布に入れた。僕が脱ぎ捨てたコートから金を出すと、今？　と言いながら、しかしすぐにバッグにしまった。片方の目を、何度かきつく閉じた。

「あなた凄いね。良かったよマジで。凄い嬉しい。あー、何買おう。ていうか、何で子供とか生まれるんだろ。そう思わない？　かわいいの最初だけじゃん」

　アパートの前でタクシーを降りると、あの子供が立っていた。手には蓋の開いたコカ・コーラと、僕がよく飲む銘柄の缶コーヒーがあった。無言で僕に缶を渡したので、その場で蓋を開けた。子供は、僕の茶色くなった髪を、黙ったまま見ている。コーヒーは、もう大分冷めていた。

　僕は一度部屋に戻り、歩き出すと、子供はついてきた。スピードを上げて走る車に、子供は驚き僕のコートの端をつかんだ。車は車高が低く、つまらない音楽を大音量で流していた。前から、同じように父親の服の端をつかむ、小さい少女が歩いてくる。子供も僕も、無言のまま彼らとすれ違った。父親が少女に何かを言うと、少女は不満げに何かを言い返した。

　町から大分離れた細い川の横を、ゆっくり歩いた。川は整備されていたが水が濁り、ペットボトルなどが浮き上がっている。子供が何かを言おうとし、躊躇するように黙った。僕は煙草に火をつけ、滞る川に視線を向けた。

「話したよ。本当に施設でいいんだな。あの家を出ることになる」

「うん」

子供の声には、小さく力が入っていた。

「……もし、母親がお前を手元に置こうとして、お前がそれでもやっぱり家が嫌だったら……ここに電話しろ。この施設は、ちゃんとしてる」

僕が紙を渡すと、子供は暗記するようにその紙を見続けた。

「お前はまだやり直せる。何でもできる。万引きや盗みは忘れろ」

「どうして？」

子供が、僕を見上げていた。

「世界に馴染めない」

「でも」

「……うるさい。いいから忘れろ」

僕は、子供という存在に何かを言う生き方を、していなかった。

「……これ、お前にやる」

僕はそう言い、小さい箱を出した。

「何？」

「俺には元々、必要なかった。もう駄目だ死ぬしかないとか、力がいるとか、何かやばいことになったら、開けてみろ。こういうのも面白いだろ」

「……でも、また誰かに取られたら」

「じゃあ……どこかに埋めてろ」

ハイキングコースが見え、茶色く舗装された道をゆっくり歩いた。途中、気狂いのように笑う女の石像のオブジェがあり、その裏の土を、空き缶や手で深く深く掘った。文字はほとんど削れていたが、何かの記念に寄贈されたもので、ここなら工事もなく、誰かに掘られることもないだろうと思った。

「……もしいらなければ、お前みたいな子供にやれ」

僕と子供は、そのまま無言で歩き続けた。日が段々と傾き、肌寒くなった。広場に出ると、テニスボールが落ちていた。僕は土で汚れたそれを何げなくつかみ、手で払った。ベンチの向こうに、少年と、父親がボールを投げ合っているのが見えた。その少年はこの子供と同じくらいの年齢だったが、投げるボールは遅く、貧弱だった。父親は、少年が投げる度に、何か言葉をかけている。ベンチには、彼らのものだろう、デジカメと携帯のゲーム機があった。

「……お前、ボール投げるの得意か」

「……わかんない」

「あのつまらないガキより速く投げろ」

僕が遠くへボールを投げると、子供は一瞬迷い、走って取りにいった。親子が僕達の存在に気づき、目を向けていた。子供はボールを拾うと、そこから僕に強いボールを返した。僕はそれを取り、指先に痛みを感じながら、さらに強いボールを返した。だが、子供はそれを両手で取り、さっきよりも強いボールを僕に返した。取り損ねた僕を見て、子供は笑った。親子が、遠くで投げ合う僕達を見ていた。しばらく続けた後、そのボールが元々は彼らのものであると気づいた。僕は常識的な人間のように礼を言い、親子にボールを、下から投げた。

「いいか」

僕は少し息を乱しながら、近づいてくる子供に言った。

「俺は、遠くに行かなければならないから、もう会えない。……でも、つまらん人間になるな。もし惨めになっても、いつか見返せ」

僕がそう言うと、子供は頷いた。子供は僕の手を握ることはなかったが、帰る途中、コートの端をもう一度つかんだ。

「取りあえず、服を買え。……ちゃんとした服を」

18

黒いコートを着、ホームの端に立ちながら、米沢に目を向けた。

僕はポケットの中のナイフを確認し、新聞を読む振りをする。米沢は笑い声を上げる子供を睨み、女が通り過ぎると、追うように視線を動かした。やがて下を向きながら歩き始め、会社員風の男にぶつかったが、謝ることもなく通り過ぎた。電車がホームに入り、米沢と同じ車両に乗る。電車は混んでいたが、身体が密着するほどではなく、僕は新聞を読みながら彼から少し離れた。米沢は両腕をだらりと下げたまま、揺れる電車の中でドアにもたれかかっていた。

池袋に着き、大勢の乗客が降り、それ以上の乗客が入ってくる。ジャージ姿の集団の女子高校生がやや遅れて入り込み、車内は密集した。僕は今だろうと思い、新聞をしまい米沢に近づいた。だが、彼は高校生を睨み何度か舌打ちをし、おもむろに、その集団に近づいていった。密集した車内で、無理に動く米沢は目立った。彼は移動しながら高校生の集団に密着し、そのまま彼女達を睨み始めた。声をかけるわけでもなく、さわるわけでもなく、彼は密着したまま、ただ彼女達を凝視した。

今動くと目立つと思い、僕は次の駅まで待った。乗客はあまり降りず、入ってくる数も少なかった。僕は少しずつ米沢に近づき、彼の後ろに立った。密着されていた高校生が、もがくように身体を動かしている。僕は米沢のコートの左脇の布を、指で挟んだ。高校生が米沢を避けるためカバンを間に入れようとした時、米沢の身体が揺れ、僕はナイフで彼のコートの脇を、上から下へゆっくり切った。だが、それは内ポケットまで届かず、僕は静かに息を吐いた。車内の空気が籠《こ》もり、身体が熱くなる。米沢は間に入ったカバンに視線を向け、やがて諦めたように、彼女達を睨むだけになった。彼は自分のコートの襟をさわり始め、斜めに傾いていくその視線を見ながら、破れ目に気づくまで、もう数秒もないだろうと思った。少しずつ速くなる息を止め、僕は左足を伸ばし、女子高校生の足を靴で少し蹴った。彼女は身体を震わせ、小さく声を上げ、おもむろに米沢を振り返る。彼の細い身体が驚きで微かに揺れ、僕はもう一度、ナイフを彼のコートの脇腹に入れる。左指を使い生地を浮かし、内ポケットを切ろうとする。ナイフの先で、少しずつ生地を裂いていく。指を広げ、ナイフを親指と人差し指で挟みながら、残った中指と薬指で、中にある封筒を挟む。その瞬間、指から肩へ震えが走り、僕はその緊張に耐えながら、抜き取った。視界の端に見えた封筒は、入れかえるダミーの封筒と、なぜか種類が異なっていた。いよいよまずいと思いながら、自分の身体が、その場に沈むように思えた。女子高校生は恐怖のためかそれ以上の反応を見せず、気がつくと、電車は新宿に着いていた。

ホームを先に歩いていく米沢を見ながら、封筒を取り出した。ダミーの封筒は緑と白だったが、それはよくある茶色い封筒だった。指が微かに震えたが、透かすと、中にもう一枚封筒があった。茶色い封筒を開け中を取り出すと、それはダミーと同じ、会社名の入った緑と白の封筒だった。僕は息を呑んだが、しかしそれは全体的に茶色く変色し、古びていた。ダミーの封筒とは新しさも変色の度合いも異なり、その違いは明らかだった。巨大な建物が、ホームの周囲に硬く立ち並んでいた。頭痛を感じ、迷いながら、米沢の後を追った。

米沢は東口から出、人混みの中を歩いていった。派手な女達のグループを見て立ち止まり、振り返った彼と目が合いそうになる。僕は駅まで戻り、キヨスクで缶コーヒーを買った。駅の出口前のガラスに、外に背を向けてもたれた。大きく息を吸い、携帯電話を出し、メモにあった米沢の番号にかけた。滲んだ汗が這うように、顎の辺りまで下りた。

アルタ前の広場に、米沢の姿が遠くに見えた。何か言っているのだろう、周囲の人間が、驚くように彼に顔を向けている。彼は脇腹に手をやり、周囲を見渡し、やがて着信音に気づきポケットに手をやった。電話に出た彼の呼吸は、乱れていた。

「米沢か」

僕はそう静かに言ったが、彼は返事をしなかった。

「米沢かと聞いてる。返事しろ」

「……誰だ」

「封筒がないだろ？」

米沢が、何か不明瞭な声を上げた。彼は携帯電話を耳に当てながらこちらに向かって歩き、途中で止まり、広場にいる人間達を見渡した。拳銃を持っている男と、直接取引はしたくなかった。

「見渡しても無理だよ。俺はそんな近くにいない。遠くのビルから、双眼鏡で見てる」

「誰だ」

「誰でもいいだろ」

彼の位置が少し近づいたので、僕は曇っていくガラスから身体を離す。私服の刑事と思われる男が、僕の目の前を足早に横切っている。

「……大体、縫いつけて持ち歩くなんて、お前異常だよ。……俺は、ある人間から、これを手に入れろと頼まれた。でもどうも報酬を信用できない奴らだから、考えを変えたんだ。……これは金になると聞いた。必要なんだろ？　こんなつまらん封筒が、なぜそんな大事か意味不明だ。返してほしいなら、質問に答えろ」

「……こ、この会社の奴か？　それか、矢田の？」

「言う必要はない」

「殺す」

何人かの人間が米沢に目を向け、彼はまた少し足を引きずりながら、周囲を歩き続けた。僕は駅の構内に入り、隣のデパートのフロアに入った。

「質問に答えろ」

「や、やっぱりだ」

「……何が？」

「狙われてると思った。ふざけやがって。だ、だから外は嫌だった」

「あんま勝手に喋ると、捨てるぞ」

僕がそう言うと、米沢は黙った。僕はトイレに入り、個室のドアを閉めた。

「まず、これが何か、教えろ」

「……教えるわけない」

「なぜ？」

「殺される。返してくれ」

「……燃やすぞ」

米沢が、何か不明瞭な声を上げた。

「頼む、ちくしょう、返せ」

「今、濡らしてる」

「は？」

「ちょっとコーヒーがこぼれた。……早く言わないと、中の書類も駄目になる」

僕は、手にコーヒーを湿らせ、それを薄く薄く、封筒の表面に伸ばした。

「やめろ」

「ああ、大分汚れた。面白れえし」

「わかった。金をやる」

「今、折り曲げてる」

「……いいか。それは、お前が持ってても意味はない。ちゃんとしたルートが、お前じゃ駄目だ。金をやる。三十万だ」

「ボロボロに」

「じゃあ五十万だ。それ以上ない。頼まれた報酬より高いはずだ」

封筒の四隅の角を潰し、ダミーの封筒と本物を比べた。薄汚れた本物よりも、ダミーの方が汚なくなった。中央の封印は、近づけて見ると若干角度は異なったが、ほとんど位置は同じだった。

「まあ、仕方ない。今ちょうど金いるし」

「……お前はクソだ」

「あんま言うとまじ捨てるぞ」

もう渡してもいいと思ったが、途中でやめれば、封筒に疑念がいくと思った。トイレから出、幾人かの人間とすれ違う。僕はまた駅に戻り、東口に続く階段を上がった。

「……今から銀行で金下ろせ。それで、東口の、丸ノ内線の改札前のコインロッカーに入れろ。カギは、売店の隣にある自動販売機の、取り出し口の右端に置け。……今日は何でか知らんが、私服の刑事が数人いる。不審な動きはするな」

「……刑事が?」

「そんなことはどうでもいい。ロッカーに取りにくる奴を、見張ろうなんて考えるなよ。すぐ戻ってまた広場に姿を見せろ。ここからちゃんと見てる。お前が広場に戻ったのを確認したら、同じロッカーに封筒を入れる。カギは同じ場所に置く。完璧だ」

「……信用できるか。交換なら直接だ」

「お前に選択肢はないよ」

僕はそう言い、電話を切った。東口から出ると、携帯電話を持ち続ける、米沢の姿が遠くに見えた。彼はそのまま歩き出し、僕は距離を長く取りながら目で追い続けた。彼は、銀行に入った。

僕は歩く方向を変え、アルタ前の喫煙スペースで煙草に火をつけた。ずっと吸えなかったと思いながら顔を上げると、画面に臨時ニュースが流れている。新宿駅西口で演説中の大臣が、撃たれたということだった。街を歩く周囲の人間がざわつき、画面のアナウンサーは、まるで自分のことのように真剣な様子で喋っている。米沢が銀行から戻り、横断歩道を渡り、東口の方へまた歩いていこうとした。だが、立ち止まる大勢の人間に気づいて振り返り、画面を見たまま、動かなくなった。僕は顔を逸らし、煙草を吸い続けた。米沢がまた歩き出すのを待ち、距離を取って後をつけた。

米沢はコインロッカーを開け、中に何かを入れ、自動販売機で何かを買った。周囲を見渡す彼を確認し、僕はまた東口から出た。米沢がやや遅れて東口から姿を見せ、広場の中央で、周囲を見渡した。僕はまた駅に戻り、電話をかけ、十分後に取りに来いと言い電話を切った。すぐ横を、刑事と思われる背の高い男が、携帯電話を持ちながら通り過ぎていく。男は、何かを怒鳴りながら人混みに消えた。

自動販売機からカギを取り、ロッカーを開けると銀行の封筒があった。確認すると、中には確かに金が入っている。代わりにダミーの封筒を入れ、自動販売機でコーヒーを買い、取る時にカギを入れた。

力が抜け、その場に座りたいと思ったが、まだ彼がこの封筒を取るまで、見なければならなかった。彼が書類を取られたことに気づかず、つまり偽物を本物と思って持っていなければ、このやり取りに意味はなかった。人混みに紛れ距離を保ち見ていると、米沢の姿が見えた。ロッカーを開け、封筒を確認している。鼓動が速くなったが、彼はそのまま、封筒をポケットに入れた。僕は電話をかけた。

「取ったか」

そう言うと、彼はすぐに返事をしなかった。

「聞いてるか」

「……随分汚れてる。滅茶苦茶じゃないか」

彼は、ひとまずは気づいていないように思えた。

「お前が悪い。俺は言ったことは本当にやる。……そのまま逃げてもよかったけど、持ってると怖そうだしな。結果的にお前は助かったんだ。感謝しろ」

「お前、いつか会ったら殺す」

「やってみろ」

電話を切ると力が抜け、また煙草を吸いたいと思った。だが、後ろを振り返る人間の数に気づき、目を向けると、米沢が若い男の手を、ロッカーの前でつかんでいた。若い男の手には、携帯電話がある。大きなバッグを持ち、一人で旅をしているのか、身なりが汚ない。僕は帰ることもできたが、米沢が拳銃を持ち歩いているのを思い、近づきながら取りあえず彼に電話をかけた。だが、その瞬間、まだ遠くの米沢と、目が合ったように思えた。僕は視線を逸らしたが、彼が近づいてくる気配がした。心臓の鼓動が、速くなった。携帯電話を切ろうと思ったが、僕の仕草と同時に着信音が止めば、それは相手が僕であるのを意味した。僕は携帯電話をそのままポケットに入れ、人混みに紛れた。振り返る度に、米沢と目が合う。視界の端に映る米沢は、気狂いのように、人混みをかき分けている。逃げれば余計にまずいと思い何気ない素振りで階段を上がった時、彼はすぐ側にまで近づき、僕の腕をつかんだ。彼の指の感触に、息が詰まる。喉が渇いて、仕方なかった。

「お前か」

「……え?」

米沢は、荒く呼吸をしていた。

「金どこだ」

僕は戸惑う表情をつくったが、鼓動がさらに速くなっていった。

「封筒は確かにあった。でもあれは元々俺のだ。金を早く。騒ぐな」

米沢が僕に密着しながら、腹に何かを突きつけた。それは見なくても、拳銃に違いなかった。木崎の顔が浮かび、石川や、佐江子が近くで見ているように思う。写真で初めに感じた嫌な印象の顔が、すぐ前にあった。

「やめてください」

「どっかで見た。そうに決まってる。お前だろ。そうに決まってる」

周囲の人間は微かに顔を傾けるだけで、特別な注意を払わなかった。米沢の携帯電話の着信音が、何かの儀式のように鳴り続けている。米沢は目をむき出しにし、異常な汗をかいている。僕は動揺しないように意識したが、この状況では、動揺しない方が不自然だった。

「すみません。何かしたんなら」

「違うのか、クソ、殺してやる。どこだ、いや、お前だ。お前じゃなきゃもうどうしようもない」

米沢は喋りながら唾を吐き散らし、僕のコートのポケットを探ろうとする。むしろ自分だと名乗り、金を返した方がいいと思ったが、彼の錯乱振り《さくらんぶ》と、万が一僕の封筒が見つかった場合を考えると、厄介だった。撃たれる危険があるが逃げようと思った時、米沢の腕を、誰かがつかんだ。

「矢田さんから逃げれるわけがないだろ」と男は言った。「しかし遠くまで逃げたな。……米沢だろ。やっと見つけた」

米沢は不意に男を殴り、振り返る大勢の人間達の間を、走りながら抜けた。僕は意味がわからず、状況に追いつくことができないまま、自分も逃げるしかないと思った。だが、僕は既に、男に腕をつかまれていた。なぜこの男は、米沢を追わないのか。なぜ自分を、捕まえるのか。僕は、動くことができなくなった。全てが終わったと思った時、男はさらに、腕の力を入れた。

「お前、凄いな。本当にすりかえた」

男が、黄色い歯を見せた。

「ずっと見てたよ。……木崎さんの命令で、お前が失敗したら米沢を殺して、すぐ書類を取る必要がでてきたから。……どうやるのかわからんし、逃げると思って危うくお前も殺すとこだった。まあ、本当はその方が騒ぎになって、西口の暗殺の、カモフラージュにもなったんだけど」

＊＊

男と一緒に車に乗ると、男は車内で薄い防弾チョッキを脱いだ。男はよく笑い、「お前は木崎さんのいい部下になる」と繰り返した。男には、片方の耳がなかった。今度飲みに行こうと汚ない腕を肩に乗せられた時、携帯電話が鳴った。相手は、当然のように木崎だった。

――書類は男に渡したか。

「……まだ」

――用心深いな。完璧だ。

木崎は笑ったが、僕はまだ、身体が状況についていかなかった。

――封筒は、俺に直接渡せと言ったからな。でも、もういいから渡せ。

僕は男に封筒を渡した。

──取りあえず、こっちに来い。前嶋に送ってもらえ。

電話は切れ、僕は息を吐いた。石川を殺した連中の仲間になど、なるわけがなかった。

僕の内ポケットには、米沢のコートを切った、ナイフがあった。これで木崎を殺すのも悪くないと思ったが、その後に自分が死ぬのは明らかで、僕はなぜか、そうなりたくないという、強い思いに囚われていた。何が自分を引き止めるのかわからなかったが、失敗を避けて動いたこと自体、自分がこの世界の何かに、執着しているのを意味した。取りあえず、仲間になるのを上手く拒否する方法を、頭の中で巡らした。

駐車場に着くと、前嶋と呼ばれたその男が、僕を先に車から降ろした。彼はある方の耳を使い携帯電話で誰かと話しながら、あの建物の隙間の奥にドアがあり、そこから入れと言い、また電話に戻った。雑居ビルと雑居ビルの間にある、道とも言えない、人が二人通れるほどの、狭い隙間だった。雑居ビルには看板もなく、どのような会社が入っているかもわからなかった。僕は不気味に思ったが、木崎のところへ行くしかなかった。

隙間の中は狭く、カビの臭いがした。前から人間が歩き、僕はすれ違う狭さを思い戻ろうとしたが、後ろから歩いてくる前嶋の身体が、さっきよりも大きく見えた。なぜ大きく見えるのだろうと思い、もう一度前を向いた時、目の前で傘が開き、ぶつかると同時に腹に熱を感じた。力が抜け、倒れた。熱だけで痛みがないと思った時、腹の中を手で捻り潰されるような、激痛が走った。息が止まり、身体が震え、嘔吐《おうと》したが何も出てこない。激痛は腹から胸へ、なぜか腕にまで広がり、視界が掠れ、自分の身体の奥の致命的な何かが、無理やりに損なわれたのだと思った。コンクリートの地面に、黒い血が広がっている。目の前に靴があり、見上げようとしたが、動けなかった。

「気の毒だ」

木崎の声だった。

「完璧にやったのに、こうなる。意味がわからんだろ」

誰かが、僕のコートに手をかけ、無造作に剝ぎ取った。身体が回転し、息が止まる。視界がなくなり目が覚めた時、僕はまだ痛みの中にあった。

「失敗しても成功しても、お前はここで死ぬと俺は決めていたんだ。……ある理由から、ちょうどこの場所に死体が必要だった。ちょっと早かったが、一時間後、全部が明らかになる」

木崎は、笑っているようだった。

「残念ながら、お前は、これから面白くなる世界を見ることができない。……これからこの国は面白くなるぞ。利権にボケた権力者の構造が、大きく変わる。劇的に！　庶民にも凄まじい影響が出る。世界はこれから、沸騰していくのだよ。だが、しかし」

木崎が、僕の顔を覗き込んでいる。あまりにも細い目が、サングラスの奥にあった。

「俺は、それすらにも、倦怠を感じるんだよ。ははは！　全ては地獄だな。だが今は、ちょっとだけ震えてるぞ。全く理不尽に、俺が決めた通りに、俺が決めた場所で、一人の人間の人生が終わる瞬間に立ち会えて。唯一の快楽だ。……俺は明日から、一旦この国を出る。やることが続くからな。俺はまだまだ、膨れていかなければならない」

木崎はすぐ近くにいるはずだったが、なぜか、その声は遠かった。

「……これからお前は、あの貴族の少年のように、自分の人生が何だったかを考えながら死ぬんだ。陰鬱に、惨めに。こんな隙間に、入ってくる人間はいない。終了だ」

木崎の身体が、少し動いた。

「なぜ殺されたか、なぜこうなったのか、わからんだろ。……人生は不可解だ。いいか、よく聞け。そもそも、俺は一体、何だったのか。お前は、運命を信じるか？　お前の運命は、俺が握っていたのか、それとも、俺に握られることが、お前の運命だったのか。だが、そもそも、それは同じことだと思わんか？」

木崎はそのまま、僕の上を押さえつけるように通り過ぎた。空気が籠もる雑踏《ざっとう》の音があり、何かの影を感じ、足音が聞こえなくなるまで、それほど時間がかからなかった。

壁にもたれて座りながら、少しずつ流れる血液を、手で押さえた。視界が掠れ、痛みがまた増していく中、死にたくない、と思った。自分の最後が、こうでありたくないと思い、あの子供や、石川や佐江子の姿が、頭に浮かんだ。

人混みの中で、手を動かし続ける自分が、目の前に見えるようだった。旅をしながら、財布を取り続け、外国に行くのもいいかもしれない。ロンドンなどには、まだ巧みなスリ文化が、残っているという。腕を競ってもいいかもしれない。世界中の馬鹿な金持ちから、金を取り続ければ愉快だろう。隙間の外の、さらに向こうの霞む領域に、塔が見えた。高く遠く、それはただ立ち続けていた。世界中の金持ちから金を盗み、汚ない子供の集団にくれてやればいい。指を伸ばした先にある快楽が、あの確かな熱が、目の前にあるように思えた。スリとしての自分をさらに押し進め、スリその

ものになり、火花のように、自分は人混みの中に溶け、砕けていくまで動き続ける。そうだ、そうだと思った時、遥か遠くから、足音が聞こえた。

誰かが、通路の向こうを、横切ろうとしていた。若い女の声が聞こえ、会社か取引先の愚痴を、忙しく喋っていた。通路の入り口はかなり遠かったが、何かをぶつけることができれば、相手は僕に気づくはずだった。周囲に石はなく、コートは取られ、靴を脱ぐ力もなかったが、ズボンのポケットに、なぜかコインが入っていた。

それが500円硬貨であると気づき、いつかわからない、誰かのポケットから、無意識に取ったものだと思った。僕は、微かに笑った。手が無意識に金を求めるなら、それはスリに適していた。血に染まったコインがぶつかれば、その人間は、こちらを見ることになる。あの男はスリを甘く見たのだと思いながら、近づいてくる足音を聞き続けた。僕は、ここで死ぬわけにはいかないと思った。このような死に方をするほど、自分のこれまでは、軽くはなかったはずだった。僕は、全身の力を使い、コインを指で挟んだ。遠くには、高く立つ、霞んだ塔があった。

人影が見えた時、僕は痛みを感じながら、コインを投げた。血に染まったコインは日の光を隠し、あらゆる誤差を望むように、空中で黒く光った。

〈参考文献〉

『スリのテクノロジー』（デヴィッド・W・マーラー、尾佐竹猛＝著／小幡照雄＝訳／青弓社）
『スリ　その技術と生活』（アレクサンダー・アドリオン＝著／赤根洋子＝訳／青弓社）
『スリと万引き』（ウェイン・B・イェーガー、バート・ラップ＝著／大崎愛子＝訳／青弓社）
『スリ』（ロベール・ブレッソン＝監督／アイ・ヴィ・シー＝販売元）

文庫解説にかえて――『掏摸《スリ》』について

この本は、僕の8冊目の小説が文庫化されたものになる。

単行本のあとがきにも書いたことだけど、小さい頃、塔のようなものが見えることがあった。子供の見る幻覚だったとは思うけど、その情景は今でも強く僕の中にある。あらゆるものに背を向けようとする僕を、肯定も否定もすることなく、その塔はただ立っていた。それは人が人生において求める何かであったのか、人間を越えるものであったのか、人の運命や世界の成り立ちに関係した存在だったのかはわからないけど、年齢を重ねるにつれて消えてからも、度々思い浮かべることがあった。

「光が目に入って仕方ないなら、それとは反対へ降りていけばいい」と少年時代の主人公が思うシーンがあるけど、当時の僕の世界に対する態度は、およそそういうものだった。第16章の部分が、この小説全体の核になっている。

この小説を書く前、『旧約聖書』を読んでいた。偶然ではなく、もちろん意図的に。この小説には、そのような古来の神話に見られる絶対的な存在／運命の下で動く個人、という構図がある。

もちろん『旧約聖書』の神や宗教的な意味を展開したものではなく（もしそれをやるのなら、これとは全く違う小説になる）、あくまでもそれを神話／物語として捉えた「構図」としてである。そして木崎―主人公―子供、という構図のさらに向こうに「塔」があるというのが、この小説の構図をシンプルなものから逸脱させている。

最後、あの絶望的な状況で主人公の投げたコインは、主人公を救えるのか。それは読者の判断に任せていたのだけど、その後『王国』というこの『掏摸《スリ》』の兄妹編を書いたことで、そのことを結果的に書いてしまったことになるのかもしれない。彼の望んだ「誤差」、辛辣な運命からの「逸脱」によって、『王国』における木崎の計画の構図が変化していく。詳しくは『王国』の文庫版のあとがきで書こうと思っているのだけど、この二篇には、実はそういう関わりもある。

しかしながら、兄妹編だからといって『王国』を読まなければならないというわけ

では当然なく、『掏摸《スリ》』は『掏摸《スリ》』として、物語としては完全に完結している。

主人公も子供も、常に生きようとし続けている。主人公はスリ師だったからあのような体験をしなければならなかったけど、スリ師だったからこそ、最後の場面ではポケットにコインが入っていた（恐らく木崎から取った）。もっと言えば、主人公がスリ師でなければ、あの子供ともあのような関係は築けなかったともいえる。「その入ってはいけない領域に伸びた指、その指の先端の皮膚に走る、違和感など消えうせる快楽を――」と作中にもある通り、この小説は反社会的な内容だけど、残酷な運命の中で生きる個人の抵抗を書いた物語ということになる。

この小説もまた、僕にとってとても大切なものです。

読んでくれた全ての人達に感謝する。

二〇一三年　二月九日　中村文則

＊本書は二〇〇九年一〇月、小社より単行本として刊行されました。

掏摸《スリ》

二〇一三年 四 月二〇日 初版発行
二〇一三年 六 月一八日 17刷発行

著 者 中村文則《なかむらふみのり》
発行者 小野寺優
発行所 株式会社河出書房新社
〒一五一―〇〇五一
東京都渋谷区千駄ヶ谷二―三二―二
電話〇三―三四〇四―八六一一（編集）
〇三―三四〇四―一二〇一（営業）
http://www.kawade.co.jp/

ロゴ・表紙デザイン 粟津潔
本文フォーマット 佐々木暁
本文組版 KAWADE DTP WORKS
印刷・製本 中央精版印刷株式会社

Printed in Japan ISBN978-4-309-41210-8

銃

中村文則　41166-8

昨日、私は拳銃を拾った。これ程美しいものを、他に知らない――いま最も注目されている作家・中村文則のデビュー作が装いも新たについに河出文庫で登場！　単行本未収録小説「火」も併録。

窓の灯

青山七恵　40866-8

喫茶店で働く私の日課は、向かいの部屋の窓の中を覗くこと。そんな私はやがて夜の街を徘徊するようになり……。『ひとり日和』で芥川賞を受賞した著者のデビュー作／第四十二回文藝賞受賞作。書き下ろし短篇収録！

ひとり日和

青山七恵　41006-7

二十歳の知寿が居候することになったのは、七十一歳の吟子さんの家。奇妙な同居生活の中、知寿はキオスクで働き、恋をし、吟子さんの恋にあてられ、成長していく。選考委員絶賛の第百三十六回芥川賞受賞作！

やさしいため息

青山七恵　41078-4

四年ぶりに再会した弟が綴るのは、嘘と事実が入り交じった私の観察日記。ベストセラー『ひとり日和』で芥川賞を受賞した著者が描く、ＯＬのやさしい孤独。磯﨑憲一郎氏との特別対談収録。

空に唄う

白岩玄　41157-6

通夜の最中、新米の坊主の前に現れた、死んだはずの女子大生。自分の目にしか見えない彼女を放っておけない彼は、寺での同居を提案する。だがやがて、彼女に心惹かれて……若き僧侶の成長を描く感動作。

野ブタ。をプロデュース

白岩玄　40927-6

舞台は教室。プロデューサーは俺。イジメられっ子は、人気者になれるのか?!　テレビドラマでも話題になった、あの学校青春小説を文庫化。六十八万部の大ベストセラーの第四十一回文藝賞受賞作。

夏休み

中村航　40801-9

吉田くんの家出がきっかけで訪れた二組のカップルの危機。僕らのひと夏の旅が辿り着いた場所は——キュートで爽やか、じんわり心にしみる物語。『100回泣くこと』の著者による超人気作。

リレキショ

中村航　40759-3

“姉さん”に拾われて“半沢良”になった僕。ある日届いた一通の招待状をきっかけに、いつもと少しだけ違う世界がひっそりと動き出す。第三十九回文藝賞受賞作。

走ル

羽田圭介　41047-0

授業をさぼってなんとなく自転車で北へ走りはじめ、福島、山形、秋田、青森へ……友人や学校、つきあい始めた彼女にも伝えそびれたまま旅は続く。二十一世紀日本版『オン・ザ・ロード』と激賞された話題作！

不思議の国の男子

羽田圭介　41074-6

年上の彼女を追いかけて、おれは恋の穴に落っこちた……高一の遠藤と高三の彼女のゆがんだＳＳ関係の行方は？　恋もギターもＳＥＸも、ぜーんぶ“エアー”な男子の純愛を描く、各紙誌絶賛の青春小説！

ブエノスアイレス午前零時

藤沢周　40593-3

新潟、山奥の温泉旅館に、タンゴが鳴りひびく時、ブエノスアイレスの雪が降りそそぐ。過去を失いつつある老嬢と都会に挫折した青年の孤独なダンスに、人生のすべてを凝縮させた感動の芥川賞受賞作。

ハル、ハル、ハル

古川日出男　41030-2

「この物語は全ての物語の続篇だ」——暴走する世界、疾走する少年と少女。三人のハルよ、世界を乗っ取れ！　乱暴で純粋な人間たちの圧倒的な“いま”を描き、話題沸騰となった著者代表作。成海璃子推薦！

浮世でランチ

山崎ナオコーラ　40976-4

私と犬井は中学二年生。学校という世界に慣れない二人は、早く二十五歳の大人になりたいと願う。そして十一年後、私はＯＬになるのだが？　十四歳の私と二十五歳の私の“今”を鮮やかに描く、文藝賞受賞第一作。

人のセックスを笑うな

山崎ナオコーラ　40814-9

十九歳のオレと三十九歳のユリ。恋とも愛ともつかぬいとしさが、オレを駆り立てた――「思わず嫉妬したくなる程の才能」と選考委員に絶賛された、せつなさ百パーセントの恋愛小説。第四十一回文藝賞受賞作。映画化。

カツラ美容室別室

山崎ナオコーラ　41044-9

こんな感じは、恋の始まりに似ている。しかし、きっと、実際は違う――カツラをかぶった店長・桂孝蔵の美容院で出会った、淳之介とエリの恋と友情、そして様々な人々の交流を描く、各紙誌絶賛の話題作。

指先からソーダ

山崎ナオコーラ　41035-7

けん玉が上手かったあいつとの別れ、誕生日に自腹で食べた高級寿司体験……朝日新聞の連載で話題になったエッセイのほか「受賞の言葉」や書評も収録。魅力満載！　しゅわっとはじける、初の微炭酸エッセイ集。

インストール

綿矢りさ　40758-6

女子高生と小学生が風俗チャットでひともうけ。押入れのコンピューターから覗いたオトナの世界とは?!　史上最年少芥川賞受賞作家のデビュー作、第三十八回文藝賞受賞作。書き下ろし短篇「You can keep it.」併録。

蹴りたい背中

綿矢りさ　40841-5

ハツとにな川はクラスの余り者同士。ある日ハツは、オリチャンというモデルのファンである彼の部屋に招待されるが……文学史上の事件となった百二十七万部のベストセラー、史上最年少十九歳での芥川賞受賞作。

著訳者名の後の数字はISBNコードです。頭に「978-4-309」を付け、お近くの書店にてご注文下さい。